U0458790

陀 思 妥 耶 夫 斯 基 喜 剧 小 说

舅舅的梦

〔俄〕陀思妥耶夫斯基 著　郭奇格 译

人民文学出版社
PEOPLE'S LITERATURE PUBLISHING HOUSE

Uncle's Dream

F. Dostoevsky

图书在版编目(CIP)数据

舅舅的梦 / (俄罗斯) 陀思妥耶夫斯基著 ; 郭奇格译. -- 北京 : 人民文学出版社, 2025. -- (陀思妥耶夫斯基喜剧小说). -- ISBN 978-7-02-019432-2

Ⅰ. I512.44

中国国家版本馆 CIP 数据核字第 20252D24S8 号

责任编辑　卜艳冰　周　展
装帧设计　汪佳诗

出版发行　人民文学出版社
社　　址　北京市朝内大街 166 号
邮政编码　100705

印　　制　山东新华印务有限公司
经　　销　全国新华书店等

字　　数　120 千字
开　　本　850 毫米×1092 毫米　1/32
印　　张　7.125
版　　次　2025 年 7 月北京第 1 版
印　　次　2025 年 7 月第 1 次印刷

书　　号　978-7-02-019432-2
定　　价　49.00 元

如有印装质量问题,请与本社图书销售中心调换。电话:010-65233595

陀思妥耶夫斯基的喜剧小说（代序）

王志耕

《舅舅的梦》和《斯捷潘奇科沃的人们》是陀思妥耶夫斯基自称为"喜剧"的两部"中篇"小说。陀氏的创作素以描写苦难著称，同时代的批评家米哈伊洛夫斯基因此称其为"残酷的天才"。但这两部作品是在作家生命中一个特殊的时期写成的，这或许是成就其为"喜剧"的主要原因。不过，这两部作品从实质上还是体现了陀思妥耶夫斯基固有的艺术精神。

陀思妥耶夫斯基年轻时按父亲的意愿考入军事工程学校，毕业后进入军事制图部门工作，然而从少年时代萌生的文学梦最终使他辞退公职，成为自由写作者。1846年，他凭借长篇小说《穷人》一举成名。在19世纪的俄国，文学从来不只是供大众娱乐或为自己牟利的方式，而是一种社会使命，因此，陀思妥耶夫斯基称自己是"时代的产儿"，这就意味着，文学梦从来就是与俄国人民的解放——无论是肉体上的解放还是精神上的解放——联系在一起的。因此，陀思妥耶夫斯基一边写作，一边狂热地投入对西方社会主义思想的研读和讨论。他频繁地参与当时各种各样的"小组"活动，不幸的是，他参与活动最多的彼得拉舍夫斯基小组被告密，全体被捕，1850年1月被判处死刑。当然，即使是在尼古拉一世严酷统治下的俄国，仅仅参加一些政府禁止的学术活动还不至于定下死罪。但沙皇政府有一个传统，对政治犯往往先判死罪，然后再赦免，以显示皇恩浩荡，让你幡然悔悟，回归正道。因此，当陀思妥耶夫斯基已经站到死刑场上，用他自己的话说，"当生命只剩下不到一分钟"的时候，圣旨传到，改判流放。此后，陀思妥耶夫斯基被发配到西伯利亚的鄂木斯克服刑，在条件极为恶劣的苦役场内度过了五年时光，能够生存下来已是幸事，文学的梦想几乎破灭。1854年初苦役结束，他被编入当地驻军，成为列兵，调到隶属西伯利亚总督管辖区但位于哈萨克东北部的小城塞米巴拉金斯克。在这里，陀思妥耶夫斯基开始了《死屋手记》的构思，同时他也平生第一次堕入爱河，爱上了有夫之妇伊萨耶娃。1856年1月，他在给诗人迈科夫的信中坦承，当时他完全沉浸于这种感情的涡旋之中，无法坐下来写作。然而伊萨耶娃一家很快就迁到了几百公里之外的库兹涅茨克，又几乎让他的爱情梦破灭。正是在这种境况下，作家的脑海里浮现出了某种不断遭遇命运捉弄的人物形象。他曾对迈科夫说，"主人公跟我有些相似"，这里说的"主人公"显然指的不是试图控制别人的玛丽雅·亚历克山德罗夫娜·莫斯卡列娃（《舅舅的梦》）和福马·福米奇·奥皮斯金（《斯捷潘奇科沃的人们》），而是指 K 公爵和罗斯塔涅夫上校。这两位主人公虽然身份显赫，但是失去了人生的主导权，处处被人控制，最终把别人的意志视为自己的意志，甚至无法区别梦境与现实。陀思妥耶夫斯基一方面急于将自身的体验表达出来，一方面又要填补无法沉下心来进行"严肃"写作的失落感，同时又怀着一旦获得重新发表作品的权利就能有挣钱的资本的愿望，于是开始了他的"喜剧"写作。

　　然而，写作并不顺利。尽管他最初是把"喜剧"的写作当作一种消遣，可一旦要将其写成一部真正的作品时，他对文学事业的严肃态度又立刻体现在了这个他自我调侃为"玩笑式"的写作中。此外，如他在给迈科夫的信中所说，他此后的几年时间都受到和伊萨耶娃情感关系的困扰，甚至使他一度失去了对喜剧的写作兴趣。在伊萨耶娃一家迁走之后，其丈夫不久即因病去世，随即，伊萨耶娃和儿子陷入极度贫穷的境地，向陀思妥耶夫斯基求助。而陀思妥耶夫斯基本人身无分文，并且还欠着别人的债，所以，他也只能求助于一些熟人帮伊萨耶娃借债。在这种状态下，二人的婚事一直拖延到1857年2月份举行，结婚的费用也是靠朋友的资助。两个欠债的人合为一家，艰难度日，加上陀思妥耶夫斯基的癫痫不时发作，生活难以为继。1858年初，陀思妥耶夫斯基向当局提出退役申请，直到一年后才获批准。1859年8月，陀思妥耶夫斯基一家迁回内地，先居住在特维尔，12月份终于回到彼得堡。他抓紧写完《舅舅的梦》和《斯捷潘奇科沃的人们》，两部作品相继在《俄罗斯言论》和《祖国纪事》杂志上发表。这是陀思妥耶夫斯基在解除流放、获准继续发表作品后的首次亮相，然而这两部作品并未像当年的《穷人》一样为他赢得广泛喝彩。主要原因是小说的题材。在结束流放之后先发表"喜剧"不仅仅是当时境遇所决定的，同时也出于"稳妥"的考虑，避免流露出"激进思想"的苗头，因此，选择这种以家庭纠纷为主的题材固然难以表现出"自然派"的深刻性，但仍具有雅俗共赏的品格。所谓"深刻性"，就是指作品与当时俄国社会变革的相关程度。大家知道，19世纪50年代后期，正是俄国克里米亚战争失败、农奴制面临废除的时期，整个俄国人心思变，而受到广泛关注的文坛也在围绕艺术的现实性和审美性展开论争。所以，这个时候陀思妥耶夫斯基绝不能涉及敏感题材，而要暂时远离社会关注的焦点，以喜剧性作品出场，既带有对社会陋习的嘲讽，又不触及政治变革话题。也由于这个原因，相对于陀思妥耶夫斯基早期的《穷人》《双重人》以及长篇小说系列而言，这两部"中篇"小说长期以来都没有受到太多的重视。但我们需要明确一点，陀思妥耶夫斯基一生对待创作始终保持着神圣的敬畏。就在上述他给迈科夫的信中，他一边说自己是怀着"玩笑式的"的动机开始喜剧写作的，同时又说："我创造的角色作为整部小说的基础，需要若干年的时间去展开构想，如果我在没有任何准备的情况下一时兴起就仓促动笔，我确信我会毁掉一切。"这里说的应当是最先动笔的《舅舅的梦》。而谈到《斯捷潘奇科沃的人们》，他在给哥哥的信中称这是其"最好的作品"之一，"倾注了我的全部心血"，而且"其中两个强大的典型性格，是用五年时间创造和描绘出来的，完成得无可挑剔"。因此，这两部作品绝不像他自己说的是"玩笑式的"写作，相反，却是呕心沥血之作。而只要我们认真读进去，就会发现，如果说陀氏的这两部作品属于"喜剧"，那它们在本质上也是极为严肃的喜剧。

首先，尽管作家尽量避免触碰到沙皇当局的忌讳，但这两部作品仍属于"自然派"风格。苏联科学院十卷版《俄国文学史》将这些作品与尼·奥斯特罗夫斯基、皮谢姆斯基、萨尔蒂科夫-谢德林的作品一并归入果戈理的"讽刺传统"之中，并称其对贵族阶层及改革前后的社会秩序"进行了尖锐的、揭露性的批判"。俄国的文学受到东正教文化"虚己"（自降为卑）精神的影响，从18世纪的戏剧到普希金、果戈理，就形成了自我反省、自我嘲讽的特点。《叶甫盖尼·奥涅金》中的主人公其实就是普希金自己的影子，诗人借助这个形象对那个时代贵族青年的多余性进行反思。普希金的长诗《努林伯爵》则是对贵族家庭生活的讽刺性描写，有评论家认为，陀思妥耶夫斯基的两部喜剧小说明显受到了这部长诗的影响，揭示了作为俄国最有教养阶层的贵族生活的本质，而且批判性更加深刻。陀氏的作品将贵族家庭的利益纠葛、情感纠纷转换到了阴谋与控制、侮辱与损害的层面，从而强化了陀氏习惯的对恶的追问。只不过这种追问在文学社会学视域之下，矛头是对准俄国统治阶级的。有人甚至认为莫尔达索夫城和斯捷潘奇科沃村在陀思妥耶夫斯基笔下就是充满谎言、阴谋和权力争夺的国度。而这样的描写意味着小说已间接参与了农奴制改革前夜对俄国贵族阶级罪恶本质的清算。

其次，从陀思妥耶夫斯基人学思想的层面上看，这两部小说是其全部创作中的一个核心命题——自由与控制——的重要环节。有许多评论受到弗洛伊德学说的影响，从施虐和受虐的角度来看这个问题，这只是从精神分析的层面上来解读，弱化了陀思妥耶夫斯基对人的全部精神世界的探索力度。陀氏早在18岁的时候就在给哥哥的信中说："人是一个秘密。应当猜透它，即使你穷毕生之力去猜解它，也不要说虚度了光阴；我正在研究这个秘密，因为我想做一个人。"而到他临终前所写的笔记中对自己的创作有一个归纳，就是"在充分的现实主义条件下发现人身上的人"。这种对人的秘密的探索与发现体现在两个向度上，一个是对人的神圣性的发掘，这从他最早的《穷人》

中的男女主人公到《罪与罚》中的索尼娅、再到最后一部作品《卡拉马佐夫兄弟》中的阿辽沙、佐西马长老等形象身上表达出来；另一个则是对人的恶的追问，而恶的最高形式就是背弃上帝、自我成神（即陀思妥耶夫斯基所说的"人神"），或者说，就是通过成为他人的主宰、对他人的自由实施限制来实现其自身自由的最大化。在这两部小说中，无论莫尔达索夫城还是斯捷潘奇科沃村，其中的人物关系实质上构成的是一条控制链。在《舅舅的梦》中，玛丽雅·亚历克山德罗夫娜站在了这个控制链的顶端，小说中称"人们甚至拿她与拿破仑相比较"；她的丈夫阿法纳西·马特维伊奇、女儿齐娜伊达以及寄居在她家的远亲纳斯塔霞等人，在她多年的控制下都已成为被驯服的对象，而齐娜伊达的追求者莫兹格里亚科夫、K公爵则是她试图操控的对象。有意味的是，在这个控制链条中，身份最显赫的莫尔达索夫城第一府第的男主人阿法纳西和大贵族K公爵却居于最底端。小说中称阿法纳西身材高大、严于律己，然而骨子里没有任何主见，平庸无能，只知吃喝玩乐。而K公爵则终日刻意装扮自己，身上能换的零件都是假的，然而玛丽雅立刻看出，这个人年迈且痴呆，已经失去了最基本的生活能力，甚至人人皆可对他实施操控，当然，除了玛丽雅，还有他冒名顶替的"外甥"莫兹格里亚科夫。同样，在《斯捷潘奇科沃的人们》中，居于控制链顶端的是将军家的"寄食者"福马·福米奇·奥皮斯金，而将军本人却成为福马获取控制权的工具。福马千方百计博得了将军及其夫人的信任，终于，在将军死后成为村里的暴君，成功地将庄园继承人罗斯塔涅夫上校规训成为一个驯服者和崇拜者。上校不仅按照福马的安排放弃了自己的心上人，在福马死后还把其遗物视为宝物珍藏，到墓地去凭吊，甚至觉得自己成了孤儿。陀思妥耶夫斯基通过K公爵和罗斯塔涅夫这两个人物试图说明，人是否能够拥有自由意志并不取决于他的财富、身份和地位，甚至恰恰相反，被财富与地位所累的人本身已经成为丧失了自主意识的奴隶，从而极易成为被利用和操控的对象。而那些地位未必崇高、财产未必宏富的人，却为了实现向上跃升的目标，拥有强大的行动能力，一旦进入争夺控制权的进程之中，他们就变成了疯狂的权力追逐者。最终，他们所要实现的便不仅限于自己的生活目标，而是要将自己的意志强加给所有人，甚至要按照个人的意愿来改变社会，进而推开上帝，自己成为这个世界的主宰。从这个意义上说，玛丽雅和福马就是陀思妥耶夫斯基后期小说《罪与罚》中的拉斯柯尔尼科夫、《群魔》中的五人小组、《卡拉马佐夫兄弟》中的伊万·卡拉马佐夫等"人神"（自我成神）类人物的先驱。他们就是要用自己的意志来替代上帝的意志，而一旦上帝退场，他们便可以为所欲为，剥夺所有人的自由，甚至将世界推向血泊。

不过，陀思妥耶夫斯基在描写这些权威性人物时，总要采用狂欢化的手法来消解他们的威权，以一种解构的形式让不同身份的人物获得平等对话的自由。巴赫金在解释什么是艺术表现中的狂欢化时就举了这两篇小说为例。在他看来，《舅舅的梦》采用了较为外在的狂欢化手法，直接让大人物"脱冕"，首先通过"狂欢体解剖学"——细数身体各部位的人工替代品——让公爵的上流贵族身份脱冕，而最主要的，小说描写的不仅是"舅舅的梦"的破灭，而是玛丽雅如拿破仑一般控制所有人的美梦的破灭。实际上，长期在母亲的操控下生活的齐娜伊达在最后扮演了一个反叛的狂欢式角色，她拒绝了母亲的安排和哀求，在自己的恋人瓦夏临终前回到了他的身边。而试图掌控一切的玛丽雅最后被所有人抛弃，小说第十四章末尾写道："客人们连叫带骂地四散了。最后，只有玛丽雅·亚历克山德罗夫娜一人留在她那昔日光荣的废墟和瓦砾之中。唉！势力、声望、荣耀——全都在这一个晚上烟消云散了！"而《斯捷潘奇科沃的人们》虽然描写了一个更为严密的控制链，但也突出展示了一个更为普遍的狂欢化场景。巴赫金认为，在斯捷潘奇科沃村的背景下，所有的人物都做着与其身份不相符的事，都染上了狂欢的色彩。

如发狂的富有女人塔季娅娜·伊万诺芙娜，她的心为爱情的欲火折磨着（属于庸俗的浪漫主义风格），同时又是那么纯洁、那么善良。又如发狂的将军夫人，她是如此爱慕和崇拜福马。再如傻瓜法拉列伊，没完没了地梦见白牛，梦见科马林舞；发狂的马车夫维多普利亚索夫，不断地给自己换上高雅一点的姓氏，例如叫什么"坦采夫"呀，"埃斯布克托夫"呀（他这么做，是因为农奴们每次都利用他的新姓名编难听的顺口溜）；老头加夫里拉，上了年纪还被迫学法国话；尖刻的小丑叶热维金；"进取"的傻瓜奥勒诺斯金，幻想找个富有的未婚妻；倾家荡产的骠骑兵米津奇科夫；怪人巴赫切耶夫等等。所有这些人，由于这样那样的原因，都脱离了普通的生活轨道，丧失了生活中他们应有的正常的地位。这部小说的整个情节，就是一串接连不断的吵闹、古怪行径、欺骗、脱冕和加冕。（巴赫金：《陀思妥耶夫斯基诗学问题》）

实际上，整部小说描绘出了一种喜剧性的狂欢化广场，在这个广场上，所有人物的社会身份都发生了紊乱，显贵者被降格，卑贱者抬起头，世界"翻了个儿"。也可以说，让世界翻转——就是陀思妥耶夫斯基这两部喜剧作品的核心意图。在创作这两部作品的时候，他充分感受着自身命运被多少只可见和不可见的手在无情地捉弄，因此，他希望创造一个翻转过来的世界，让那些站在控制链顶端的人物跌到地面上来，让那些被操控的人物戴上冠冕，哪怕只是用枯草编成的冠冕；让他们发出声音，在粗鲁的笑声中让那些试图自我成神的人走下神坛。当然，这种狂欢化的世界并非人类最理想的状态，但是在陀思妥耶夫斯基看来，这是人类最不坏的状态，因为它起码避免了让那些"人神"给世界带来灾难，同时，也给处于苦难中的底层民众带来复活的希望。

舅舅的梦

——摘自《莫尔达索夫大事记》

一

玛丽雅·亚历克山德罗夫娜·莫斯卡列娃，当然是莫尔达索夫城里的第一夫人，而且这一点是毫无疑问的。她总是摆出那么一副神气，仿佛无求于人——恰恰相反——大家反而有求于她似的。的确，几乎没有一个人喜欢她，甚至有许许多多人着实恨她；然而大家都怕她，而这正是她所需要的。这种需要就是手腕高明的表现。例如，玛丽雅·亚历克山德罗夫娜，这位专爱挑拨是非的人，如果头天晚上没有听到点什么新闻，就整夜睡不着觉。尽管这样，她还善于摆出那么一种神态：使你看着她，绝不会想到，这位高贵的夫人竟会是世界上——至少是莫尔达索夫城——的头号搬弄是非专家。反之，似乎在她面前，流言蜚语应该销声匿迹，散布流言蜚语的人应该像小学生在教师先生面前那样脸红、颤抖，而且话题只能是一些最高尚的事情，而不会是别的。例如，她知道有关莫尔达索夫城某人的一些至关紧要的丑事，要是她在适当的场合下说出来，并且像她所擅长的那样加以证实，在莫尔达索夫就会发生里斯本地震①。然而，她对这类秘密是守口如瓶的，只是在不得已的情况下才透露，而且只是对最贴心的女友。她仅仅吓唬一下，暗示一下，表明她深知内情。她宁愿使某人或某位太太陷入无穷的恐惧之中，而不愿完全把对方吓坏。这是智慧，这是机巧！玛丽雅·亚历克山德罗夫娜的无可非议的好风度②，在我们中间永远是出类拔萃的，是大家学习的典范。谈到好风度③，她在莫尔达索夫是无人匹敌的。譬如，她善于用某一句话置对方于死地，使他痛苦不堪，完全毁灭——这是我们有目共睹的；而在这个当儿，她却装出无意中说出这么句话的样子。大家知道，这种特点已是最上层社会的属性。总的说来，在耍所有这类把戏上，她胜过皮耐蒂④本人。她交游广泛。莫尔达索夫城的许多来访者，由于受到过她的接待而欣喜若狂地离去，甚至事后还同她保持通信。有人甚至写诗献给她，玛丽雅·亚历克山德罗夫娜时常拿出来当众炫耀。有一位外来的文学家为她写了一部小说，并在她家的晚会上朗读，效果非常良好。有一位德国科学家，从卡尔斯鲁厄专程来到这里，研究我们省所特有的一种带角的特殊的蠕虫，关于这种蠕虫写了四卷四开本的⑤专著。这位科学家因玛丽雅·亚历克

---

① 一七五五年在里斯本发生过强烈地震，全城三分之二遭到破坏，有三万人死亡。
②③ 原文为法语。
④ 皮耐蒂，十八世纪至十九世纪上半叶意大利魔术家，闻名全欧洲。
⑤ 原文为拉丁语。

山德罗夫娜的殷勤接待而受宠若惊，以至于直到现在还从遥远的卡尔斯鲁厄同她保持着令人尊敬的、高尚的通信关系。在某些方面，人们甚至把玛丽雅同拿破仑相比。自然，这是她的仇人在揶揄，只是一种讽刺，而不能当真。但是在完全承认这种十分奇特的比喻的同时，我还是要斗胆提出一个天真的问题：请问，当拿破仑爬得太高的时候，为什么终于会头脑发晕？古老的贵族之家的辩护士们说，拿破仑不仅不是出身皇族，甚至连名门望族①也谈不上，因而自然终于被自己的高位而吓破了胆，并且意识到自己的实在的地位。尽管这种揣测显然十分巧妙，使人忆起那古老的法国宫廷的黄金时代，然而我斗胆补充一句，为什么玛丽雅·亚历克山德罗夫娜在任何情况下从来不会头脑发晕，而且始终是莫尔达索夫的第一夫人？譬如，发生过这样的情况：所有的人都在说"哼，看玛丽雅·亚历克山德罗夫娜碰到这种棘手的局面该怎么办"，可是这种棘手局面来了又过去了，竟平安无事！一切都很顺当，同过去一样，甚至几乎比过去还要好。譬如，大家还记得，她的丈夫，阿法纳西·马特维伊奇，由于迟钝无能，激怒了前来视察的钦差大臣而被撤职。大家猜想，玛丽雅·亚历克山德罗夫娜会垂头丧气、卑躬屈膝、求情告饶……一句话，会丧尽锐气。满不是那么回事。玛丽雅·亚历克山德罗夫娜明白，

---

① 原文为法语。

求情是无济于事的，于是她把事情办得妥妥帖帖，丝毫无损于她在社交界的影响。她的府上仍然被认为是莫尔达索夫的第一家。检察官夫人安娜·尼古拉耶夫娜·安季波娃，玛丽雅·亚历克山德罗夫娜的表面朋友和事实上不共戴天的死敌，虽然已经在大吹大擂自己的胜利了，可是当大家看到，要使玛丽雅·亚历克山德罗夫娜陷于窘境是很难的，大家这才明白，她扎根之深，远远超出一般人过去的预料。

既然上面已经提到玛丽雅·亚历克山德罗夫娜的丈夫阿法纳西·马特维伊奇，那么我们不妨顺便说上几句。第一，这是一位仪表非凡的人，甚至是举止端庄的人；可是在紧要关头，他不知怎么就会失去常态，茫然不知所措。他威风凛凛，特别是在命名日的宴会上系上自己的白领带的时候。然而所有这种威仪只能保持到他开口说话为止。要是他一开口，对不起，叫人真想把耳朵堵住。他根本配不上玛丽雅·亚历克山德罗夫娜，这是公众的舆论。他能有个差事，也是多亏自己夫人的天才。依我的拙见，早该让他到菜园里去吓唬麻雀了。在那里，也只有在那里，他才能够给自己的同胞带来真正的、无庸置疑的益处。因此，玛丽雅·亚历克山德罗夫娜采取了英明的措施，把阿法纳西·马特维伊奇打发到离莫尔达索夫三里① 地的近郊农村，

①　此处的"里"系指俄里，一俄里等于 1.06 公里。下同。

她在那里有一百二十个农奴，顺便提一句，这就是她赖以如此体面地支撑门面的全部产业、全部资财。大家都明白，她把阿法纳西·马特维伊奇留在身边，只是因为他有差事、领取薪俸，以及……其他的一些收入。当他不再领取薪俸和得到收入时，他就立刻被撵走了，因为他已经无用且完全多余。大家都称赞玛丽雅·亚历克山德罗夫娜英明果断。在乡下，阿法纳西·马特维伊奇的日子过得挺惬意。我曾顺路去探望过他，并在他那里相当愉快地消磨了整整一个钟头。他比试着白领带，亲手擦皮靴，这并不是由于需要，而是出自对艺术的爱好，因为他喜欢他的皮靴闪闪发光；一天喝三次茶，特别喜欢洗澡——有了这些，他就心满意足了。您还记得吧？在我们这里，大约一年半以前，齐娜伊达·阿法纳西耶夫娜，这位玛丽雅·亚历克山德罗夫娜和阿法纳西·马特维伊奇的独生女，发生过一桩多么丢丑的事情。齐娜伊达，无庸置疑，是一位美人，受过良好的教育，可是她已经二十三岁了，至今还没有出嫁。至于齐娜①为什么迟至今日还没有出嫁，原因很多。主要原因之一是流传着一些恶毒的流言，说一年半以前，她曾和县里的一个教书匠有过暧昧关系，这些流言直到现在都没有销声匿迹。有人一直还在谈论齐娜写的一封情书，似乎这封情书在莫尔达索夫传来传去；但是请问，谁见过这封

---

① 齐娜伊达的小名。

情书？假如它在传来传去，那么到底传到哪里去了呢？关于这封信，大家只是耳闻，可谁也没有看见过。至少我还没有遇到过一个人亲眼看见过这封信。假如您拿这件事暗示玛丽雅·亚历克山德罗夫娜，那她简直不明白您在说什么。现在假定说，当真发生过什么事，齐娜写过信（我甚至认为，一定有过这样的事），那么玛丽雅·亚历克山德罗夫娜的手腕可真够高明的！竟会这样把一件难堪的、丢丑的事平息下去！不留痕迹，不露破绽！玛丽雅·亚历克山德罗夫娜现在对所有这类卑劣的诽谤毫不介意，而且，很可能，为了挽救自己独生女儿的不容玷污的名誉，天知道她下过多少工夫呢！至于齐娜为什么没有出嫁，这是显而易见的事：本地那些求婚的人都是些什么样货色啊？齐娜只能嫁给掌握大权的皇太子。您在哪儿能看见过这样的举世无双的美人呢？的确，她很骄傲，过分地骄傲。据说，莫兹格里亚科夫在求婚，但婚事未必能成。莫兹格里亚科夫是个什么样的人物呢？的确，年轻，长相不错，穿着时髦，有一百五十个未抵押的农奴，彼得堡人。可是，更重要的一条：头脑有些不正常，举止轻浮，夸夸其谈，脑子里有些什么最新思想！一百五十个农奴又算得了什么，尤其是在满脑子最新思想的情况下？这桩婚事是办不成的！

承蒙读者厚爱，现在读到的这一切，只是我五个来月前由于深受感动而写的。我得事先承认，我对玛丽雅·亚历克山德罗夫娜有些偏心，想为这位极好的夫人写一些类似恭维的话，并且拿那些在古老的、黄金的——但谢天谢地——一去不复返的时代里在《北方蜜蜂》和其他定期刊物上发表过的书信为蓝本，以给朋友的开玩笑的书信形式，把所有这一切加以描述。但是由于我没有任何朋友，此外我生来对文学工作有些胆怯，因而我的文章也就成了一种文学创作的试笔，搁置在我的抽屉里，作为我茶余饭后安闲消遣的纪念品。五个月过去了——突然，在莫尔达索夫发生了惊人事件：一个大清早，K公爵驱车进城，下榻在玛丽雅·亚历克山德罗夫娜的府上。这次莅临的后果是不可估量的。公爵在莫尔达索夫只逗留了三天，可是这三天里，他给人们留下了决定性的和不可磨灭的回忆。更进一步说，在某种意义上，公爵使我们这个城市发生了重大的变化。对于这个重大变化的记述，会成为莫尔达索夫史册上意义极其重大的一页。经过一番犹豫，我终于决定用文学的手法将这重要的一页加以记述，并呈献给可敬的公众来评判。我的小说要叙述玛丽雅·亚历克山德罗夫娜以及她在莫尔达索夫的全家的动人的兴盛繁荣和悲壮衰败的全部历史①：对于一个作家来说，这个题目是有价值的、诱人的。自然，首先必需说明：K公爵来到城里并在玛丽雅·亚历克山德罗夫娜家里歇脚，这件事有什么值得大惊

---

① 这句话与巴尔扎克的小说《赛查·皮罗多的盛衰记》(1837年)这个具有讽刺性的书名有些相似。

小怪的呢？为了解释清楚这一点，当然，必须先就K公爵本人谈上几句。我正是打算这样做。何况这个人物的历史对于进一步展开我们的故事是十分必要的。那么，我就开场了。

二

就从这里开始吧：K公爵，天知道是一个什么样的老头，而且，只要看见他，就会使人不禁想到，他立刻就要散架，因为他是那样的孱弱，或者更恰当地说，是那样的衰老。关于这位公爵，在莫尔达索夫一直流传着一些极其奇怪荒诞的传说。甚至有人说，这个老头疯疯癫癫。大家感到特别奇怪的是，这个拥有四千个农奴的地主，这个出身显贵而且——假如他乐意的话——在省里会有很大影响的人物，竟然幽居在自己豪华的庄园里，过着隐士生活。许多人是在六七年前公爵途经莫尔达索夫时认识他的，他们满有把握地说，那时候他不能忍受隐居生活，而且也绝不像一个隐士。

但是，据我所能了解到的关于他的全部可靠情况如下：

当年，在他青年时代——不过这已是很久以前的事了——公爵初露头角，寻欢作乐，追逐女人，几度在国外把钱花得一干二净，唱情歌、哼小调、满嘴俏皮话，从来没有显露过出众的才华。不用说，他把自己的全部财产弄得七零八落，到了晚年，突然发现自己一文莫名。有人劝

9

他返回自己那个已经开始在拍卖的村庄。于是他动身回到莫尔达索夫，在这里足足待了六个月。外省的生活使他十分惬意。在这六个月里，他继续寻欢作乐，同外省的小姐们明来暗往，把身边仅有的一点钱挥霍得干干净净。而且他是一位极其善良的人，自然多少带点特有的公爵派头。可是在莫尔达索夫，这会被看成最上层社会的特有习性，因而不唯不怪，反而效果良好。特别是太太们，见到自己的这位亲爱的客人，总是喜形于色。许多有趣的回忆保留了下来。顺便说说，传闻公爵大半天的工夫是花在修饰打扮上，似乎他的全身是由一些碎块拼凑起来的。谁也不知道，是什么时候，在什么地方，他弄得这样支离破碎。他戴假发、假须、假鬓，甚至还有什么短尖胡子——所有这一切，直到一丝一发，都是假的，乌黑明亮。他每天涂脂抹粉。人们断言，他还用弹簧舒展脸上的皱纹，而且这些弹簧巧妙地藏在他的头发里。人们还断言，他腰束紧身带，这是因为在意大利，有一次幽会，由于跳窗不慎，折断了肋骨。他左腿瘸拐。人们断定，这条腿是假的，而真腿是在巴黎另一次幽会时弄断的，因而装上了一条新的、特制的软木腿。话又说回来了，难道种种的奇谈怪论还少吗？不过，有一件是真的：他的右眼是玻璃的，虽然制作得十分精巧。牙齿也是镶的。他整天用各种专营特制的水洗脸，还洒香水、涂香脂。然而，大家记得，公爵当时已经开始明显地衰老，而且变得唠叨得叫人受不了。看来，他已经到了山穷水尽的地步。大家都知道，他已经是一个穷光蛋了。恰在这个当儿，完全出乎意料，他的一个近亲，一位长期侨居巴黎的十分孱弱的老太太（而且他怎么也不可能指望从她那里得到遗产），在埋葬了她的合法继承人刚刚一个月的时候，自己也去世了。公爵完全意外地成了她的合法继承人。一个离莫尔达索夫整整六十里的极好的庄园，加上四千个农奴，完全归他一人所有。他立刻整装前往彼得堡，以便办妥自己的事务。我们的太太们集资大摆筵席，为自己的客人饯行。还记得，在这次最后的午宴上，公爵兴高采烈，谈笑风生，讲述着各式各样的离奇趣闻逗人发笑。答应尽快地回到杜哈诺沃（自己新得到的庄园），并且许了愿：只要一回来，他将不断地举行盛会、野餐、舞会，放焰火。在他走后的整整一年里，太太们念叨着这些许诺的盛会，望眼欲穿地盼望着自己的这位可爱的小老头，甚至也盼望着能够到杜哈诺沃去游逛，在那里有古老的豪华的府邸和花园，有剪修成狮子形状的金合欢，有假山，有小湖，湖面上荡漾着装饰着吹芦笛的土耳其木偶的小船，有楼台亭阁，有各种娱乐，还有许多其他的玩艺儿。

公爵终于回来了，但是使人普遍感到诧异和失望的是，他甚至连顺路到莫尔达索夫打个照面都没有，就一头扎进自己的杜哈诺沃，过起与世隔绝的隐居生活来了。各种离奇的说法开始流传，并且总的说来，从这个时候起，公爵的历史变得模糊而离奇了。首先，传说他在彼得堡并不十分顺利。鉴于公爵的痴呆，他的某些亲戚、未来的继承人，想为他安排某种监护，可能是怕他又把全部财产挥霍个精光。不仅如此，还有些人添枝加叶地说，想把他送进疯人院，然而他的一个亲戚，一位有身份的老爷，似乎为了出来保护他，向所有其余的人十分清楚地说明，这位可怜的公爵已是半死不活，浑身没有一样东西是真的，很可能不久就会完全死去，到那时无须送他进疯人院，庄园也会遗留给他们的。我再重复一遍：特别是在我们莫尔达索夫，谎话还少吗？上述种种把公爵吓坏了，使他性格大变，成了一个隐居者。有几个莫尔达索夫人，出于好奇，前往向他表示祝贺，可是，他们不是吃了闭门羹，就是受到十分奇怪的待遇。公爵甚至连自己往日的熟人都不认识了。有人断言，他压根儿不想认。

省长也去拜访过他。他带回来一个消息：照他看来，公爵的确有些神智失常。以后每当他回忆起自己到杜哈诺沃的这次旅行，总是流露出不快的神色。太太们极其愤懑。后来终于探听到一个十分重要的情况，原来是这样：有那么一个不知来历的斯杰潘尼达·玛特维耶夫娜控制着公爵。天知道这是一个什么样的女人。她是随着公爵从彼得堡来的。这是一个上了年纪的胖女人，身穿印花布连衣裙，手里经常拿着一串钥匙；公爵像孩子一样对她唯命是从，未经她的许可，不敢多迈一步；她甚至亲手给他洗澡，像对待孩子一样娇惯他，抱着他，哄他；最后，她使他摈斥了一切来客，特别是亲戚，这些亲戚为了探听情况，开始逐渐到杜哈诺沃来走动。在莫尔达索夫，大家对于这种莫名其妙的关系议论纷纷，尤其是太太们。除去以上种种，还有人补充说，斯杰潘尼达·玛特维耶夫娜大权独揽、独断专行地管理着公爵的整个庄园；她任意撤换管家、奴仆，自己收租管账；但她管理得挺好，使农民们都为自己的好运气而庆幸。至于谈到公爵本人，听说他整天时间几乎全都花在修饰、比试假发和燕尾服上；剩余的时间，他和斯杰潘尼达·玛特维耶夫娜一起度过，同她玩牌，用扑克算命，偶尔也骑上那匹温驯的英国牝马出去溜达溜达，这时，斯杰潘尼达·玛特维耶夫娜一定乘着有篷马车陪伴他，以防万一，因为公爵骑马主要是为了卖弄，其实他本人的骑术很不高明。有时也看见他徒步，穿着大衣，头戴一顶宽檐草帽，脖子上系着一条玫瑰色的女人用的头巾，安上玻璃假眼，左手提一个草篮，用以采集蘑菇、野花、矢车菊；在这时，总是由这位斯杰潘尼达·玛特维耶夫娜伴随，后面跟着两名个子高大的奴仆、一辆马车，以防意外。当农夫同他相遇，停在道旁，摘下帽子，深深地鞠躬，并且说"公爵老爷，大人，我们的红太阳，您好"时，公爵立刻朝他举起自己的长柄眼镜，彬彬有礼地点着头，慈祥地对他说："日安，我的朋友，日安！"①在莫尔达索夫流传着诸

---

① 原文为法语。

如此类的传闻。人们怎么也不能忘怀公爵——他住得这么近！一天早晨，忽然传说，公爵，这位隐士、怪人，玉趾亲临莫尔达索夫，并在玛丽雅·亚历克山德罗夫娜家歇脚，这使大家多么惊讶！于是引来一片忙乱和激动。大家都想弄明白，互相在询问：这意味着什么？有些人甚至打算到玛丽雅·亚历克山德罗夫娜家去。大家都对公爵的莅临感到突兀。太太们互相传递字条，准备拜访，打发自己的侍女和丈夫出去探听消息。使人特别感到奇怪的是，为什么公爵偏偏在玛丽雅·亚历克山德罗夫娜家歇脚，而不是在别人家？最为怨恨的是安娜·尼古拉耶夫娜·安季波娃，因为公爵同她多少沾一点亲。然而要想解除所有这些疑团，就非得到玛丽雅·亚历克山德罗夫娜府上去不可，同时也请厚爱作者的读者和我们一道去。的确，现在只不过早晨十点钟，但我相信，她不会拒绝接待她的亲近的朋友。至少，她准会接待我们的。

三

早晨十点钟。我们在玛丽雅·亚历克山德罗夫娜坐落在大直街上的府上，在女主人每逢隆重场合称之为沙龙的那间房间里。玛丽雅·亚历克山德罗夫娜同样也有太太的客厅。在这个沙龙里，地板油漆得挺好，墙上糊着订购来的花纸，也颇为雅致。相当笨重的家具大部分是红色的。有壁炉，壁炉上是一面镜子，镜子前面摆一座装饰着爱神的青铜时钟，俗不可耐。窗子之间的墙壁上还有两面镜子，镜套已经及时摘下。镜前的小几上，摆的也是座钟。后壁跟前是一架出色的钢琴，这是为齐娜订购来的，齐娜是个音乐家。在炉火熊熊的壁炉旁边，摆着几把椅子，尽量摆得艺术化；椅子中间是一张小桌。房间的另一头还有一张桌子，上面铺着白得耀眼的桌布；桌上的银茶炊噗噗作响，旁边是一套考究的茶具。掌管茶炊和茶水的是一位作为远房亲戚住在玛丽雅·亚历克山德罗夫娜家里的太太，名叫纳斯塔霞·彼特罗夫娜·齐亚勃洛娃。关于这位太太可以略提两句。她是一位孀妇，三十开外，头发乌黑，面色鲜艳，生着一对活泼的深棕色的眼睛。总的说来，长得不坏。她性格开朗，爱哈哈大笑，但相当狡猾，自然也好搬弄是非，而且手段高明。她有两个孩子，在某地学习。她很想再嫁。她逍遥自在，原先的丈夫是个军官。

玛丽雅·亚历克山德罗夫娜本人这时正坐在壁炉旁，情绪极佳，身穿浅绿色长衫，这件衣服和她挺相称。对于公爵的光临，她简直喜出望外（这位公爵此刻正在楼上打扮）。她是非常地高兴，甚至毫不掩饰自己的喜悦。她面前站着一位年轻人，一面在卖弄自己的漂亮，一面有声有色地讲述着什么。从他的眼神可以看出，他想博得听他讲话的女人们的欢心。他二十五岁，颇有风度，但常常容易兴奋，此外，以擅长幽默和说俏皮话自诩。他穿着讲究，发色淡黄，长相不难看。然而我们已经谈到过他：这就是前程远大的莫兹格里亚科夫先生。玛丽雅·亚历克山德罗夫娜暗自察觉，他头脑有些空虚，但她待他还算不错。他在追求她的女儿齐娜，照他的说法，他爱得发狂了。他不时地转向齐娜，竭力想以自己的机智和快乐博得她的一笑。但是她对他显然很冷淡，漫不经心。这时她站在一旁，倚着钢琴，用纤细的手指翻弄着日历。这是一位只要在大庭广众一露面就会使人倾倒的女性。她美得不可能再美了：身材修长，头发乌黑，一双美妙的、几乎是乌黑的眼睛，体态匀称，胸部丰满。她的两肩和双手是古典式的美，一双小小的脚，模样十分迷人，步态落落大方。她今天面色有点苍白；然而正是由于这个缘故，她那丰满的红嘴唇显得更加鲜艳，红唇之间两排整齐而细小的牙齿，像两串珍珠似的在发光，您只要看上一眼，就会三天梦寐难忘。她的表情肃穆端庄。莫兹格里亚科夫仿佛害怕她那凝视的目光；至少当他鼓起勇气看她一眼时，他总会有些畏缩。她的举止倨傲随便。她身穿一件朴素的白色细纱连衣裙，白色对她非常合适；不过，对她来说，穿什么都挺合适。在她那纤纤的手指上戴着一个指环，是用什么人的头发编成的，根据颜色来判断，不是母亲的；莫兹格里亚科夫从来不敢问她这是谁的头发。今天早晨，齐娜不知怎么特别沉默，甚至有些忧郁，好像有什么心事。然而玛丽雅·亚历克山德罗夫娜可是要滔滔不绝地高谈阔论，虽然她也偶尔用一种特别的、怀疑的目光打量一下女儿，但这只不过是偷偷地看一眼，似乎她也有点怕她。

"我真高兴，真高兴，巴维尔·亚历克山德罗维奇，"她絮絮叨叨地说，"高兴得我简直要向窗外所有的人叫喊，就别提您让我们——我和齐娜——多么喜出望外了：竟然比您原先许诺的日期提前两星期到来。这是自然的！我特别高兴的是，您把这位可爱的公爵带到这里来了。要知道，我是多么喜欢这位迷人的小老头啊！可是，不！不！您不会理解我的！您这个年轻人，是不会理解我的喜悦的，不管我怎么想使您相信！要知道，在过去，六年前，他对我来说是什么人啊！齐娜，你还记得吗？不过，我也忘了：你那时正在姑妈家……您不会相信，巴维尔·亚历克山德罗维奇：我是他的领导人、姊妹、母亲！他像孩子那样听我的话！在我们的关系中存在着那么一种天真的、温柔的、高尚的情谊，甚至仿佛是田园诗般的情谊……我简直不知道叫它什么才好！这就是为什么他现在怀着感激的心情只记得我的一家，这位可怜的公爵！[①]巴维尔·亚历克山德罗维奇，要知道，您把他带到我这儿，也许是您救了他！六年来，我苦苦地想念着他。您不会相信：我甚至做梦都梦见他。听说，这个妖精迷住了他，毁了他。可是您终于把他从虎口里救了出来！不，应该趁这个机会彻底把他救出来！您再对我说一遍，这一切您是怎么搞成功的？把你们相遇的全部情况详详细细地给我讲一遍。上次我在匆忙中只注意了主要情节，可是所有这些细节、细节，可以说，才是真正的精华！我特别喜欢详情末节，甚至在最重要的情况下，我首先注意的也是细节……而且……他这会儿还在梳妆……"

"还是我已经说过的那些，玛丽雅·亚历克山德罗夫娜！"莫兹格里亚科夫欣然接过话茬，哪怕说十遍，他也不厌烦，这对他来说是一种乐趣。"我赶了一夜的路，当然，一夜没有睡觉，可想而知，我是多么急切！"他面向齐娜，补充说道，"一句话，破口大骂，大嚷大叫，要马，为了要马，在各个驿站我闹翻了天；假如出版的话，那简

---

① 原文为法语。

直是整整一首最时髦的长诗！不过，这先放在一边！早上六点整，我来到最后一个驿站，来到伊基舍沃。虽然冷得浑身发抖，但连烤一下火都不想，就喊道：'备马！'这可吓坏了怀抱吃奶婴儿的驿站长老婆，可能现在她的奶水已经被吓回去了……日出是多么美啊！您知道吧，那凛冽的霜尘忽而鲜红，忽而闪着银光！我不顾一切；一句话，拼命赶路！马是抢来的：从一个六品文官手里夺过来的，差一点没和他决斗。有人告诉我，一刻钟以前，有一位公爵离开了驿站，乘的是自己的马，在这里过的夜。我顾不上听，上了车，一路飞奔，就像脱了缰绳似的。就像费特①在一首哀诗里写的那样。离城九里整，恰好在去斯维托泽尔斯克小修道院的岔口上，我看到发生了一件惊人的事。一辆宽敞的轿式马车横躺在路上；马车夫和两个仆人站在车前发呆，从横躺着的马车里传来了惊心动魄的呼喊和号叫。我本想从旁边跑过去，心想：你躺你的去吧，与我有什么相干！然而仁爱之心占了上风，像海涅所说的那样，这种仁爱之心无所不管。于是我停了下来。我、我的谢苗、驿站马车夫——他也有一副俄国人的心肠——急忙上前帮忙，就这样，六个人一起，终于抬起马车，让它站立起来了。当然啦，车是没有脚的，何况它是安装在雪橇滑木上的。帮忙的还有赶车进城卖木柴的庄稼汉，我赏了他们一

---

① 费特（1820—1892），俄国抒情诗人。

些酒钱。我在寻思：说不定，这正是那位公爵！一瞧：我的天哪！果然是他，加夫里拉公爵！真是巧遇！我向他喊道：'公爵！舅舅！'当然，他第一眼几乎没有认出我来，可是第二眼，立刻几乎认出……然而，我得向您承认，直到现在他也未必弄清楚了我是谁，也许，没有把我当作亲戚，而是当作什么外人。我是大约七年前在彼得堡见过他；自然，我那时还是个孩子。我可是记住他了，他使我很惊讶——可是他哪能记得我呢！我来了个自我介绍；他非常高兴，拥抱我，可同时由于受到惊吓还在浑身打颤、哭泣。真的，在哭泣，这一切都是我亲眼看见的！如此这般——我终于说服了他：换乘我的马车，哪怕到莫尔达索夫待上一天，压压惊，休息休息。他爽快地答应了……他对我说，他是去斯维托泽尔斯克小修道院，去拜访他所敬仰的米萨伊尔修士司祭；斯杰潘尼达·玛特维耶夫娜（我们这些亲戚谁没听说过斯杰潘尼达·玛特维耶夫娜啊？她去年用布掸子把我从杜哈诺沃赶了出来），这个斯杰潘尼达·玛特维耶夫娜收到一封信，内容是这样的：在莫斯科，她家有人病危，不知是父亲还是女儿，究竟是谁，我也不感兴趣；也许，父亲和女儿都病了，也许还添上一个在酒类部门工作的侄子……一句话，使她十分为难，决定同她的公爵分手十来天，飞驰首都，以她的光临为首都增光。公爵挨了一天又一天，比试假发、打发蜡、给胡子抹油膏、用扑克（或许甚至用豆子）占卦；可是没有斯杰潘尼达·玛特维耶夫娜可真受不了！于是吩咐备马，驱车前往斯维托泽尔斯克小修道院。有一个家人由于惧怕神出鬼没的斯杰潘尼达·玛特维耶夫娜，大胆地提出了异议，但公爵固执己见。昨天午饭后出发了，在伊吉舍沃过夜，黎明从驿站动身，就在去米萨伊尔修士司祭那里的岔口上，差一点连车带人掉进沟里。我救他，劝他到我们共同的朋友、可敬的玛丽雅·亚历克山德罗夫娜这里来；他提到您，说您是他所认识的所有太太中最迷人的一位。于是我们就来到这里。现在公爵正在楼上，由他的侍仆伺候着梳妆打扮。公爵没有忘记带着这个侍仆，他无论在什么情况下从来不会忘记带着这个侍仆，因为他宁肯死也不愿意毫无准备地——或者不如说是不加修饰地——去见太太们……这就是全部经过！极其美妙的经过！①"

"他是多么幽默呀，齐娜！"听完后，玛丽雅·亚历克山德罗夫娜高声叫喊道，"他讲得多么动听啊！可是请听我说，保尔②，我提个问题：请您好好地对我讲一讲您同公爵的亲戚关系！您叫他舅舅吧？"

"真的，玛丽雅·亚历克山德罗夫娜，我真不知道我和他是哪门子亲戚；似乎是一竿子打不着的亲戚，也许，谈不上，只是有那么点影儿。这事我一点过错也没有，这全怪阿格拉雅·米哈依洛夫娜婶婶。不过，米哈依洛夫娜婶

---

① 原文为德语。
② 巴维尔的昵称。

婶除了扳着指头计算亲戚以外，再也没有什么事可做了；就是她，去年夏天赶着我到杜哈诺沃去拜访他。她干吗不自己去？我随便叫他一声舅舅；他应承着。这就是我们的全部亲戚关系，至少今天就到……"

"不过，我还得再说一遍：只有老天爷才能启示您把他直接带到我这儿来！假若他不是到我这儿来，而是到别的什么人家去，我可怜的人儿，他将会发生什么事情啊？我一想到这儿就浑身打颤。在这里，人们会把他抢得精光，把他大卸八块，吃得干干净净！或许，人们就像冲向金矿、冲向金砂矿床一样，向他冲去，把他抢个精光！巴维尔·亚历克山德罗维奇，您无法想象，这里的人都是些多么贪婪、卑鄙和狡猾的小人啊！……"

"哎哟，老天爷，不把他带到您这儿来，还带到哪儿去呢？您可真是的，玛丽雅·亚历克山德罗夫娜！"寡妇纳斯塔霞·彼特罗夫娜一面倒茶，一面接着说道，"总不会把他带到安娜·尼古拉耶夫娜那里去吧，您说是吗？"

"可是，他怎么老是不出来？这真是有点奇怪。"玛丽雅·亚历克山德罗夫娜焦急地站起身来说着。

"舅舅吗？我想，他在那儿穿衣服还会穿五个钟头呢！何况，他一点记性也没有，说不定，他会忘记他是到您这儿作客。要知道，这是一位怪得要命的人物，玛丽雅·亚历克山德罗夫娜！"

"哎呀，够啦，瞧您说的！"

"这一点也不假，玛丽雅·亚历克山德罗夫娜，这是大实话！他本来就是东拼西凑起来的，不是一个人。您是六年前见过他，而我却是一个钟头以前看见他的。本来就是个半死的人了！只不过叫人想起来像个人，却忘记把他埋掉罢了：他的眼睛是嵌上去的，腿是软木做的，全身装着弹簧，连说话也靠弹簧！"

"天哪，您是一个多么轻浮的人哪，我怎么能听得下去啊！"玛丽雅·亚历克山德罗夫娜摆出一副严峻的样子喊道，"您也不害臊，您这个年轻人，又是亲戚，怎么能这样议论这位可敬的老人！就别提他是多么善良了，"她的声调变得似乎很令人感动，"别忘了，这是我们贵族阶级的遗胄，或者说是根脉。我的朋友，我亲爱的朋友！① 我知道，您轻浮是由于您的那些新思想，您老是谈论这些思想。可是，天哪！我自己就有您那种新思想！我知道，您的志向本是高尚的、正直的。我觉得，在这些新思想中甚至有某种崇高的东西；但是所有这一切并不妨碍我看到事物的直接方面，或者说是现实的方面。我活在世上，我见过的比您多，说到底，我是个做母亲的，而您还年轻！他是个上了年纪的人，因此在您的眼中显得可笑！不仅如此，上次您甚至还谈到打算解放您的农民，而且还要为时代干点什么事，所有这些都是因为您读您的什么莎士比亚读入了

_____

① 原文为法语。

迷！巴维尔·亚历克山德罗维奇，请相信我吧，您的莎士比亚早就过时了，即便复活了，用尽他的全部智慧，他也无法理解我们生活中的任何一行诗！如果说，在我们现代社会中有某种骑士式的壮丽的事情，那也只能是在上层。公爵再穷，也是公爵；公爵身居草屋，也同住在宫殿里一样！您看，纳塔丽雅·德米特利耶夫娜的丈夫给自己盖的房子几乎像一座宫殿，可是他依然只是纳塔丽雅·德米特利耶夫娜的丈夫，一点也不多！就是纳塔丽雅·德米特利耶夫娜哪怕穿上五十条里面用骨架撑起的裙子，她依然是原来的纳塔丽雅·德米特利耶夫娜，丝毫不能给自己增添点什么。您多多少少也是上层阶级的代表，因为您是从这个阶层出身的。我也认为自己不是这个阶层的外人，可是玷污自己门第的子弟是不肖子弟，不过，将来您自己对所有这些会了解得比我更清楚，*我亲爱的保尔*①，会忘记您的莎士比亚，我敢预言。我相信，您哪怕现在也不是真心的，只不过是赶时髦。不过，我说得多了。您在这里待一会儿，*我亲爱的保尔*，我亲自上去一趟看看公爵。或许，他需要点什么，要知道，和我的这些仆人打交道……"

想起自己的仆人，玛丽雅·亚历克山德罗夫娜赶紧走出房间。

"看来，玛丽雅·亚历克山德罗夫娜很高兴：公爵没有

_____

① 原文为法语。

落到安娜·尼古拉耶夫娜这个爱打扮的女人的手里。可她总是在表白，同他是亲戚。现在一定懊丧得心都要碎啦！"纳斯塔霞·彼特罗夫娜说道。但是这位齐亚勃洛娃太太看到没有人理睬她，打量了齐娜和巴维尔·亚历克山德罗维奇一下，立刻就明白了，赶紧装着有什么事似的走出房间。不过，她立即留在门边偷听起来，补偿自己的损失。

巴维尔·亚历克山德罗维奇马上转向齐娜。他非常激动，他的声音在颤抖。

"齐娜伊达·阿法纳西耶夫娜，您没有生我的气吧？"他带着一副怯懦的、恳求的样子说道。

"生您的气？为什么？"齐娜说道，脸微微发红，抬起一双美妙的眼睛望着他。

"因为我提前来了，齐娜伊达·阿法纳西耶夫娜！我忍耐不住了，我不能够再等两个星期……我连做梦都梦见您。我飞快地到这里来打听我的命运……可是您在皱眉，您在生气！直到现在我还得不到任何结果吗？"

齐娜伊达当真皱起眉来。

"我料到您会谈起这个，"她回答道，重新垂下眼睛，语调坚定而严肃，但是含有懊恼，"这种期待对我来说是非常痛苦的，因此它解决得越快越好。您又提出要求，也就是说，请求答复。好吧，我向您重复一遍，因为我的答复仍旧和过去一样：您等着吧！再向您说一遍：我还没有想好，不能答应做您的妻子。这是不能强求的，巴维尔·亚历克山德罗维奇。但为了使您安心，我补充一句，我还没有完全拒绝您。请您还要注意一点：我现在给予您以希望，我这样做的唯一原因是，我体谅您的焦急和不安。再说一遍，我想保留作出自己决定的充分自由。假如有那么一天，我告诉您我不同意，那您也不应该埋怨我，说我曾经给过您希望。好吧，请您注意这一点。"

"这，这算什么呀！"莫兹格里亚科夫抱怨地嚷着，"这算什么希望呀！齐娜伊达·阿法纳西耶夫娜，难道我从您的话里能得出一点希望吗？"

"记住我对您说的一切，您愿意怎么推测都行。这是您的自由！可是我不再说什么了。我还没有拒绝您，我只是说：等着吧。不过，向您重复一遍，我保留拒绝您的充分权利，只要我想这样做的话。再指出一点，巴维尔·亚历克山德罗维奇：如果您比预定得到答复的期限提前到来，是为了要手腕，是指望得到旁人的庇护，譬如说，指望妈妈能起作用，那您可完全打错了算盘。到那时，我可要直截了当地拒绝您。您听见没有？眼前够了，不到时候，请您不要再向我提起这件事。"

这番话说得冷淡、坚决、干脆，就像是事先背熟了似的。保尔先生感到自己失算了。这时，玛丽雅·亚历克山德罗夫娜回来了。齐亚勃洛娃紧跟着她也进来了。

"看来，他马上就要下来，齐娜！纳斯塔霞·彼特罗夫娜，快沏点新茶！"玛丽雅·亚历克山德罗夫娜甚至有点激动。

"安娜·尼古拉耶夫娜已经派人来打听了。她的阿妞特卡跑到厨房里问这问那，问个没完，正在发火呢！"纳斯塔霞·彼特罗夫娜煞有介事地说着，奔向茶炊。

"这与我有什么相干！"玛丽雅·亚历克山德罗夫娜漫不经心地回答齐亚勃洛娃太太说，"好像我想知道您的安娜·尼古拉耶夫娜在想什么似的。请相信，我绝不会派人到她的厨房去。我奇怪，真奇怪，您总以为我是这位可怜的安娜·尼古拉耶夫娜的仇人，而且不止是您一个，全城的人都这么想，这是为什么？巴维尔·亚历克山德罗维奇，我是对您说呢！您了解我们两个，我干吗要跟她作对呢？为了争上风？可是我对这个上风是满不在乎的。让她吧，让她占上风吧！我准备第一个跑到她那里向她祝贺，祝贺她占了上风。然而，这一切毕竟是不公平的。我要替她辩护，我应该为她辩护！大家都在说她的坏话。你们大伙为什么要攻击她呢？她年轻，爱打扮，难道是为这个吗？但是，依我看，爱打扮总比别的什么好，就拿纳塔丽雅·德米特利耶夫娜来说吧，她所爱好的东西，连说都说不出口。难道因为安娜·尼古拉耶夫娜爱串门，在家里坐不住吗？可是，老天爷！她没有受过任何教育。当然，对她来说，比方说，打开书本，或者干点什么，哪怕两分钟，也是难受的。她好卖弄风情，不论谁从街上过，她都从窗子里向人家飞眼。她除了脸蛋白，再也没有什么优点了，可是干吗老是恭维她，说她长得漂亮呢？她跳舞老是踏错步子，这我同意！可是干吗恭维她，说她波尔卡舞跳得好极啦？她的发饰和帽子叫人恶心，可是她又有什么过错，谁叫老天爷没有赋予她审美感，却给了她那么多的轻信。要是有人告诉她，把糖纸别在头发上好看，她也会照办的。她喜欢挑拨是非，但这是这里的风气：这里谁不造谣？大胡子苏希洛夫老是不分早晚地往她家里跑，几乎连夜里都去。唉，老天爷！丈夫玩牌玩到早晨五点！何况这里有那么多坏榜样！最后，或许，这是造谣中伤。一句话，我永远，永远为她辩护！……天哪！公爵来啦！是他，是他！我认出是他！一千个人当中我也认得出他来！我终于见到了您，我的公爵！①"玛丽雅·亚历克山德罗夫娜喊着，朝走进来的公爵飞奔过去。

---

① 原文为法语。

四

乍一看，您根本不会把这位公爵看作一个老头。只是靠近一点，仔细一瞧，您才会看出，这是怎样一个浑身装着弹簧的死人。为了把这个木乃伊装扮成青年，简直动用了一切匠艺。精致的假发、颊须、胡须和乌黑发亮的短尖胡子，遮盖着半个脸。脸上极其巧妙地涂抹着香粉和胭脂，几乎一点皱纹也没有。这些皱纹藏到哪儿去了呢？——不知道。他穿着非常入时，好像从时装画上摘下来的。他身上穿着某种常礼服或者类似的东西，我实在不知道这究竟是什么，只是看着特别时髦、流行，像是专为上午做客而缝制的一种服装。手套、领带、背心、衬衫等等——所有这一切都是崭新、优雅的。公爵有点跛，但跛得很巧妙，仿佛这也是时髦所必需的。他眼睛上戴着一个镜片，正好戴在那只本来就是玻璃的假眼上。公爵身上散发着香水味，说话时会特别拖长某些词，这也许是由于年迈力衰，也许是由于满口假牙，也许是为了显得格外神气。有些音节他发得格外甜，字母 "э"（"唉"）咬得特别清楚。"яr"（"呀啊"），他总是发成 "яeer"（"呀伊伊"），只是更甜些。他举止随便，这是他整个花天酒地的生活过程中养成的习惯。如果说他的这种早年的花天酒地的生活还保留了点什么的话，那也只是在某种程度上无意识地以某种依稀的回忆形式，以某种过时的古风形式保留下来。唉！这种古风是任何脂粉、紧身衣、化妆品商人和理发师都无法恢复的。因此，如果我们事先承认，老头就算没失去神智，也早已失去了记性，说话时常颠三倒四，啰啰嗦嗦，甚至完全胡说八道，那么我们就好办了。同他谈话，甚至得有点本领。然而玛丽雅·亚历克山德罗夫娜是颇为自信的。见到公爵，她高兴得无法形容。

"您一点也没有变样！"她高声说道，同时抓住客人的双手，把他安置在舒适的安乐椅上。"请坐，请坐，公爵！六年了，整整六年没有见面。这么长的时间，片纸只字都没有见到！啊，您是多么对不起我呀，公爵！我是多么恨您呀，我亲爱的公爵！得啦，喝茶，喝茶！哎呀，老天爷！纳斯塔霞·彼特罗夫娜，端茶来呀！"

"谢谢，谢——谢，对——不起！"公爵口齿不清地说道（我们忘记说了，他有些口齿不清，而这，他却做得仿佛合乎时髦）。"对——不——起！您想想，早在去年就打定——主意想到这儿来，"他补充说道，一面举起眼镜打量着房间，"可是被吓住了，听说，这里在闹霍——乱……"

"不，公爵，我们这儿没有闹过霍乱。"玛丽雅·亚历克山德罗夫娜说道。

"这里发生过牲口的瘟病，舅舅！"莫兹格里亚科夫为了想显示自己，插嘴说道。玛丽雅·亚历克山德罗夫娜严厉地瞪着他。

"对，对，牲口的瘟——病，要么就是类似的事情……我就止住了。我亲爱的安娜·尼古拉耶夫娜，您的丈夫怎么样？还是干他那检察署的差事吗？"

"不——是，公爵，"玛丽雅·亚历克山德罗夫娜有点结巴地说道，"我的丈夫不是检——察——官……"

"我敢打赌，舅舅弄错了，把您当成安娜·尼古拉耶夫娜·安季波娃啦！"机灵的莫兹格里亚科夫叫喊着，但立刻就醒悟过来。他发现，就是不这样解释，玛丽雅·亚历克山德罗夫娜也已经够窘的了。

"对，对，安娜·尼古拉耶夫娜，和——和（我老是记不住！）对啦，安季波夫娜①，正是安季——波夫娜。"公爵肯定地说。

"不对，公爵，您大错特错了，"玛丽雅·亚历克山德罗夫娜苦笑着说，"我根本不是安娜·尼古拉耶夫娜。我得承认，再也没有料到，您没有认出我来！您使我吃惊，公爵！我是您以前的朋友，玛丽雅·亚历克山德罗夫娜·莫斯卡列娃。记得吧，公爵，玛丽雅·亚历克山德罗夫娜？……"

---

① 此处为公爵口误，记错了姓名。下文还有多处口误。

"玛丽雅·亚——历克——山德——罗夫娜！您瞧瞧！我正是想到，您就是（怎么称呼来着！）——哦，对啦！安娜·瓦西里耶夫娜……这真妙！① 这么说，我走错门啦。我的朋友，而我想，正是你把我带到这个安娜·玛特维耶夫娜的家里。这真迷人！② 不过，我时常碰到这样的事……我常走错门。不管发生什么事情，我总是满意，永远满意。那么您不是纳斯塔霞·瓦——西里耶夫娜？这真有——意思……"

"玛丽雅·亚历克山德罗夫娜，公爵，玛丽雅·亚历克山德罗夫娜！啊，您多么对不起我呀！竟然忘记自己最好的、最要好的朋友！"

"是啊，最——好的朋友……对不起，对不起！③"公爵含混地说着，同时打量着齐娜。

"这是我的女儿，齐娜。您还不认识，公爵。您上次来这儿，记得吧，那是哪一年来着？她那时不在家。"

"这是您的女儿！迷人，迷人！"公爵喃喃地说着，用长柄眼镜贪婪地瞅着齐娜，"可是多么漂亮啊！④"他不胜惊讶地絮叨着。

"请喝茶，公爵。"玛丽雅·亚历克山德罗夫娜说着，吸引公爵注意手捧茶盘站在他面前的小厮。公爵端起茶碗，注视着两腮胖乎乎的、红润的小男孩。

---

①②③④　原文为法语。

"啊——这是您的小孩？"他说道，"多么好——的孩子啊！……而——且一定挺——乖的吧？"

"公爵，"玛丽雅·亚历克山德罗夫娜急忙打断他，"我听说发生了极其可怕的事故！老实说，把我的魂都吓掉了……没摔坏吧？可得留神呀！不能大意……"

"翻车啦！翻车啦！车夫把车给弄翻了！"公爵非常兴奋地喊道，"我真以为世界末日降临了，或者是类似的事情发生了。说真的，我吓坏了——圣徒啊，饶恕我吧！——吓得我魂不附体！没有料到，没有料——到！完全——没有料——到！这全是我的车夫费——奥——菲尔的过错！我可是全都托付给你了，我的朋友：处理一下，认真调查调查。我确——信，他是要谋——害——我。"

"好，好，舅舅！"巴维尔·亚历克山德罗维奇答道，"全都调查！可是您听我说，舅舅！为了今天这个日子就饶了他吧，行吗？您看怎样？"

"决——不饶恕！我确信，他是要谋害——我！他，还有我留在家里的那个拉夫连季。您想想看：沾染上了一些什么新思想！无法无天……一句话，十足的共产党人！我简直都不敢和他照面！"

"哎呀，您说得一点也不错，公爵！"玛丽雅·亚历克山德罗夫娜叫道，"您不会相信，我为这伙下流胚遭了多少罪啊！您想想，我已经换掉我的两个手下人。说真的，他们是那么愚蠢，我从早到晚简直为他们伤透脑筋。您不会相信，他们是多么愚蠢啊，公爵！"

"是啊，是啊！可是，对您实说，我甚至喜欢仆人有点蠢，"公爵说道，他像所有的老年人一样，喜欢别人毕恭毕敬地听他饶舌，"这对仆人来说，倒是挺合适的，这甚至是他的长——处，如果他是真诚而愚蠢的话。自然，只是在某些场——合——下。他由此而显得更有气——派，他的面容显得那么庄——重；一句话，更加彬彬有礼，而我首先要求一个仆人要彬——彬——有礼。我有一个捷连季，我的朋友，你还记得捷连季吧？我一看见他，一下子就看准了他：你去当看门的吧！非——常——愚蠢！像只呆鹅似的！可是多么有气——派，多么庄重啊！喉结是那样的，浅玫瑰色的！您瞧，只要打上白领带，穿上全套制服，就显得挺神气了。我打心眼里喜欢他。有一次，我瞧他瞧得出神了：简直是在写博士论文——那么庄重！一句话，真正的德国哲学家康德，或者，更确切些，一只健壮的、肥胖的吐绶鸡。就一个仆人来说，太有好风度！……"

玛丽雅·亚历克山德罗夫娜开怀大笑，甚至拍着巴掌。巴维尔·亚历克山德罗维奇由衷地附和着她：舅舅使他开心。纳斯塔霞·彼特罗夫娜也哈哈大笑起来。甚至连齐娜也露出了一丝微笑。

"公爵，您是多么幽默，多么有趣，多么会说俏皮话啊！"玛丽雅·亚历克山德罗夫娜赞叹道，"您能这样观察入微地发现最细微的、最可笑的特点，真是难能可贵啊！……可是销声匿迹，杜门谢客整整五年！况且具有这样的天才！您应该写作，公爵！您定能步冯维辛①、格利鲍耶陀夫②、果戈理的后尘！……"

"是啊，是啊！"公爵扬扬得意地说道，"我可以步——步……而且，要知道，想当年，我可是非常善于说俏皮话的。我甚至给剧院写过轻——喜剧……其中有几段妙——不——可——言的唱段！不过，这出戏从来没有上演过……"

"哎呀，要能拜读一下该多好啊！听着，齐娜，现在正是时候！我们这儿正在打算义演——为了爱国募捐，公爵，给伤兵们……若能上演您的轻喜剧那该多好啊！"

"当然！我甚至准备重新写出来……不过，我把它忘——得一干二净。可是，我还记得，那里有那么两三句俏皮话，是什么来着……（公爵吻了一下自己的小手）。说真的，我在国——外——的时候，我曾经博得真——正——的轰——动。我还记得拜伦勋爵。我们过从很——密。他在维也纳会议③上跳克拉柯维克舞跳得妙极啦。"

"舅舅，拜伦勋爵！得了吧，舅舅，您扯到哪儿去啦？"

---

① 冯维辛（1745—1792），俄国剧作家，讽刺作家，著有讽刺剧《纨袴少年》。
② 格利鲍耶陀夫（1795—1829），俄国作家，著有诗体喜剧《智慧的痛苦》。
③ 拿破仑垮台后，欧洲一些君主和外交家在维也纳召开的会议（1814—1815）。

"是啊，拜伦勋爵。不过，也许，这不是拜伦勋爵，而是另外一个人。对啦，不是拜伦勋爵，是一个波兰人！我现在可完全想起来啦。这个波——兰人非常出奇：他冒充伯爵，后来才知道，他是一个厨师。可是克拉柯维克舞跳得太棒啦，最后，把腿给跳断了。我当场就此写了一首诗：

> 我们的波——兰客，
>
> 跳着克拉柯维克……

"下面……下面，下面我也记不清了……

> 突然把腿跳断，
>
> 跳舞只好中断。"

"舅舅，这是真的吗？"莫兹格里亚科夫越来越兴奋，惊叹道。

"似乎，是这样，我的朋友，"舅舅回答道，"要么就是类——似的事情。不过，也许不是这样，可是诗写得太成功了……我现在的确忘记了某些事。我这是因为事务繁忙。"

"公爵，请告诉我，这些日子，在隐居中您都做了些什么？"玛丽雅·亚历克山德罗夫娜感兴趣地问道，"我是那样地时常想念您，我亲爱的公爵，以至于，说实在的，这次十分渴望比较详细地知道这一点。"

"做了些什么？您听我说，总的说来，事——情很多。有时——休息；有时，您听我说，遛达、遐想……"

"舅舅，您的想象一定非常丰富吧？"

"我亲爱的，非常丰富。有时我想象的事情，事后连自己都感到惊——讶。我在卡都耶夫的时候……对啦！① 似乎，你曾经当过卡都耶夫的副省长吧？"

"我？舅舅！得了吧，您说到哪里去了！"巴维尔·亚历克山德罗维奇喊道。

"我的朋友，你瞧！我一直把你当作副省长，而且还在寻思：他这是怎么啦？怎么忽然完全变成另外一副面——孔啦？……要知道，那个人的面孔威——严、聪明，是一个绝——顶——聪明的人，为了各种场合写诗留念。从侧面看，他有点像红方块老 K……"

"公爵，不行，"玛丽雅·亚历克山德罗夫娜打断话头，"我敢发誓，您过这样的生活会毁掉自己的！与世隔绝五年，谁也不见，什么也听不着！公爵，您可是一个没有救的人了！随便您去问谁，问那些忠于您的人，谁都会说，您是一个没有救的人！"

"真的吗？"公爵喊道。

"我向您担保，千真万确。我作为一个朋友，您的姐

----

① 原文为法语。

妹，对您说！我这么对您说，是因为您是我所珍贵的人，是因为过去的回忆对我来说是神圣的！虚情假意对我有什么好处？不行，您必须彻底改变您的生活——否则，您会生病，会精力衰竭，您会死的……"

"哎呀，老天爷！难道我会那么快就死去！"公爵惊恐地喊道，"您瞧，您猜对了：痔疮把我折磨得够呛，特别是从什么时候起……我一犯病，那时症状总是奇——怪——得很（我把这些症状向您详细地叙述一番）……首先……"

"舅舅，您下次再谈这个吧，"巴维尔·亚历克山德罗维奇接过话茬说，"现在……咱们该动身了吧？"

"好吧，那就下次吧。也许，这事听起来并不那么有趣。我现在在寻思……但这毕竟是一种非常有趣的病。有各种情趣……我的朋友，提醒我一下，晚上——有空我就对你详——详——细细地谈谈个中妙趣……"

"可是您听我说，公爵，您不妨试一试在国外治疗一下。"玛丽雅·亚历克山德罗夫娜再次插嘴说。

"在国外！是啊，是啊！我一定到国外去。我记得，在二十年代我在国外时，那里欢乐极——啦。我差一点没和一位子爵夫人、法国女人结婚。我当时迷恋着她，想把自己的一生献给她。可是，不过和她结婚的不是我，而是另外一个人。而且多么奇怪的事：总共分手两个钟头，而那个人就占了上风，是一个德国男爵；他后来有段时间，待在疯人院里。"

"可是，亲爱的公爵，我是说，您应当认真地考虑一下自己的健康。国外有那样好的医生……不光是这样，单只是生活的变化就大有好处！您得坚决离开您的杜哈诺沃，哪怕是暂时的。"

"一——定！我早就下了决心，您听我说，我打算进行水——疗。"

"水疗？"

"水疗。我已经水——疗过一次。我那时在温泉。那儿有一位莫斯科的太太，姓什么我给忘记了，不过是一位非常富有诗意的女人，七十岁上下。她跟前还有一个女儿，五十岁左右，一位孀妇，一只眼睛生白翳。她几乎也是出口成诗。后来她发生了一件不幸的事：她在盛怒之下打死了自己的婢女，为此受到审判。就是她们想用矿泉水给我治疗。老实说，我当时并没有病；可是她们纠缠我：'治吧，治吧！'我，出于礼貌，就喝起矿泉水来；我想：我的健康状况也许真的会好转。我就喝呀，喝呀，把整个瀑布都喝干了。您听我说，这种水疗大有好处，我真受益不浅，以至于，要不是到末了我病——了的话，请您相信，我一定会十分健康的……"

"舅舅，这个结论完全正确！请您告诉我，舅舅，您学过逻辑学吗？"

"老天爷！您提的是些什么问题呀！"感到受窘的玛丽雅·亚历克山德罗夫娜严厉地责备道。

"我的朋友，学过，只是很久以前了。我在德国还学过哲学呢，整门课程都学完了，只是当时就忘得一干二净。然而……我得向您承认……您拿这些病把我吓得够呛，让我……心绪不宁。不过，我马上就回来……"

"公爵，您上哪儿去？"玛丽雅·亚历克山德罗夫娜惊讶地喊道。

"我就来……我只记下一个新想法……再见①……"

"怎么样？"巴维尔·亚历克山德罗维奇喊道，并哈哈大笑起来。

玛丽雅·亚历克山德罗夫娜憋不住了。

"我不明白，简直不明白，您笑什么！"她开始发火地说道，"讥笑可敬的老人，讥笑亲戚，利用他天使般的善良，嘲笑他的每一句话！我替您害臊，巴维尔·亚历克山德罗维奇！可是请您说说，依您看来，他有什么可笑的？我一点也看不出他有什么可笑的地方。"

"他认不出人来，有时唠唠叨叨，这不可笑吗？"

"然而这是他那可怕的生活，在那个妖婆的监视下幽禁五年的可怕后果。应当怜悯他，而不是嘲笑他。他甚至连我都没有认出来，您是亲眼看见的。这简直是，可以说令人气愤！非得拯救他不可！我建议他到国外去，唯一的指望，或许，他能够抛弃那个……女贩子！"

---

① 原文为法语。

"您知道吗？玛丽雅·亚历克山德罗夫娜，应当让他结婚！"巴维尔·亚历克山德罗维奇喊道。

"又来啦！您这么说，真是不可救药了，莫兹格里亚科夫先生！"

"不，玛丽雅·亚历克山德罗夫娜，不！这回我可说的是正经话！干吗不结婚呢？这也是一个主意嘛！这个主意并不比别的主意差！① 请您说说，这对他有什么坏处？恰恰相反，他在这样的处境下，只有这种办法才能挽救他！按照法律，他还可以结婚。第一，他将能摆脱这个刁妇（请原谅我的用词）。第二，而且是主要的，您想一想，他挑选一位姑娘，或者，最好是一位寡妇，可爱的、善良的、聪明的、温柔的，并且要紧的是，贫寒的。她将像女儿那样照料他，而且明白，他称她为自己的妻子，这是他赐予她的恩惠。有这样一位亲近的、真挚的和高尚的人，形影不离地陪伴着他，代替这个……婆娘，对他来说，还有比这再好的事吗？自然，她应当长得漂亮，因为舅舅直到现在还是喜欢漂亮的人儿。您瞧见没有，他是那样着迷地瞅着齐娜伊达·阿法纳西耶夫娜？"

"这样的未婚妻您到哪儿去找呀？"纳斯塔霞·彼特罗夫娜细心地倾听着，问道。

"这么说吧，假如高兴的话，您就行啊！请问您哪一点

---

① 原文为法语。

不配做公爵的未婚妻？第一，您很漂亮；第二，是个媚妇；第三，挺高尚；第四，贫寒（因为您的确不富裕）；第五，您是个十分通情达理的太太。因而您将会疼爱他、照料他，把那个太太赶走，把他领到国外去，给他吃碎麦粥和糖果，所有这一切直到他离开这短暂的人世，这将得整整一年，也许，两个半月。到那时，您就是公爵夫人、媚妇、阔太太，并且为了奖赏您的果断，您可以嫁给一位侯爵或军需总管！这多么美满①，不是吗？"

"唉，我的天哪！我觉得，假如他只要向我求婚的话，单凭感激之情，我就会爱上他这位可心的人的！"齐亚勃洛娃太太感叹道，她那双乌黑的、含有深意的眼睛开始放射出光彩，"可是这一切只不过是瞎说罢了！"

"瞎说？您想让这不是瞎说吗？那您就好好地央求我吧，然后，如果今天您不能成为他的未婚妻，您就割掉我的指头！再也没有什么比说服或者引诱舅舅上钩更容易的了！无论对什么事他都说：'是啊，是啊！'这是您亲耳听见的。我们让他不知不觉地结了婚。就像是我们骗他，让他结婚；这可是对他有好处啊，您就发发善心吧！……不管怎么样，您还是打扮打扮，纳斯塔霞·彼特罗夫娜！"

莫兹格里亚科夫先生的喜悦甚至变成了狂热。尽管齐亚勃洛娃太太素来谨慎，然而也已经垂涎三尺了。

---

① 原文为法语。

"就是您不提，我也知道，我今天弄得邋里邋遢，"她回答道，"完全灰了心，心里早就不存幻想，可真成了格利布谢太太 ① 了……怎么，我当真像个厨娘吗？"

整个这段时间，玛丽雅·亚历克山德罗夫娜坐在那里，脸上显出某种奇特的神色。假如我说，她有些惊恐地听着巴维尔·亚历克山德罗维奇的奇怪的建议，似乎有些发慌……我这样说是不会错的。最后，她终于清醒过来。

"即便说这一切都挺好，可这全都是胡说八道、荒诞无稽，而主要的——很不得体。"她猛然打断了莫兹格里亚科夫的话。

"可是为什么呢？最仁慈的玛丽雅·亚历克山德罗夫娜，为什么这是胡说八道、很不得体呢？"

"原因很多，而最主要的，是因为您在我家，公爵是我的客人，我不允许任何人忘记对我的家的敬意。我把您的话只当作笑话罢了，巴维尔·亚历克山德罗维奇。可是谢天谢地！公爵来啦！"

"我来啦！"公爵一面走进房间，一面喊道，"妙极啦，亲爱的朋友，我今天有各种各样的念头。可是有时候，也许您不会相信，仿佛是一点也没——有。我就那么呆坐一整天。"

"舅舅，这也许是由于今天的翻车。这使您的神经受到

---

① 格利布谢太太是法国小说中的人物，以邋遢出名。

震动，于是……"

"我的朋友，我自己也认为是由于这个缘故，而且认为这次遭遇甚至是有——益的；所以我决定饶恕我的费奥——菲——尔。你知道吗？我觉得，他并没有要谋害我的意思——你以为怎样？——何况不久前，把他的胡子给剃掉了，他已经受到了惩罚。"

"舅舅，把胡子给剃掉了！可是他的胡子差不多有德国那么大，不是吗？"

"是啊，有德国那么大。我的朋友，总的说来，你的结——论是完全正确的。然而，这是假胡子。而且，要知道，是这么回事：忽然给我寄来一张价目表，从国外新到了一批最好的车夫的和老爷的胡——子，以及颊须、短尖胡子、口髭等等，而且都是上——等——货，价钱非常公道。我想，我就来订购一副胡子吧，哪怕瞧一瞧，究竟是个什么样的。于是我就订购了一副车夫的胡子。这胡子可真是漂亮极了！可是，哪知道费奥菲尔自己的胡子比这几乎要多一倍。自然，我犹豫了：剃掉自己的呢，还是把寄来的退回去，留天生的？我想了又想，终于决定，还是戴假的好。"

"大概是因为艺术高于自然吧，舅舅！"

"正是这个缘故。在给他剃胡子的时候，他是多么的痛苦啊！丢掉胡子就好像是丢掉前程一样……可是，我亲爱的，咱们该动身了吧？"

“我随时都行，舅舅。”

“公爵，可是我希望您只是去探望省长一人！”玛丽雅·亚历克山德罗夫娜激动地喊道，“您现在是我的，公爵，而且一整天都是属于我的一家。当然，我不打算向您谈这里的社会。或许，您打算到安娜·尼古拉耶夫娜那儿去，而我无权使您扫兴；何况我完全相信，时间会证明谁是谁非。但您要记住一件事：今天全天我都是您的女主人、姐姐、奶妈、保姆，而且，说实在的，我很替您担心，公爵！您不知道，不，您完全不知道这些人，至少还不到时候！……”

“信赖我吧，玛丽雅·亚历克山德罗夫娜。一切都会像我答应您的那样。”莫兹格里亚科夫说道。

“哼，您呀，是个轻浮的人！信赖您！我等您回来吃午饭，公爵。我们午饭吃得挺早。而且我是多么惋惜，碰到这种机会，我的丈夫却在乡下！他要是能瞧见您，该有多么高兴啊！他是那样地尊敬您，那样衷心地爱戴您！”

“您的丈夫？您也有个丈夫？”公爵问道。

“哎呀，我的天哪！您是多么健忘啊，公爵！您完完全全忘记了过去的一切！我的丈夫，阿法纳西·马特维伊奇，难道您记不得他了吗？他现在在乡下，然而您过去见过他上千次。记得吗，公爵：阿法纳西·马特维伊奇？……”

“阿法纳西·马特维伊奇！在乡下，您瞧，但这真妙！那么您也有个丈夫？然而，这是多么奇怪的事情啊！这真像一出轻喜剧那样：丈夫走进门里，而老婆到……等一等，唉，忘记了！不过，老婆到哪儿去了，似乎是到土拉或者雅罗斯拉夫尔去了，总而言之，显得挺可笑的。"

"丈夫走进门里，老婆到特维里，舅舅！"莫兹格里亚科夫提醒道。

"对啦！正是这样！谢谢您，我的朋友，正是到特维里去啦，迷人，迷人！所以听起来挺顺口的。您说起来总能押韵，我的亲爱的！难怪我记得，是到雅罗斯拉夫尔，还是到科斯特罗马去了，反正老婆也到那儿去啦！迷人，迷人！不过，我有点忘啦，我方才说什么来着……对！那么，我们就走吧，我的朋友。再见了，太太，别了，我的迷人的小姐。①"公爵转向齐娜，补充说道，而且吻了吻自己的指尖。

"吃午饭，吃午饭，公爵！别忘了快点回来！"玛丽雅·亚历克山德罗夫娜跟在后面喊道。

---

① 原文为法语。

五

"纳斯塔霞·彼特罗夫娜,您还是到厨房里去瞧一瞧吧,"她送走公爵以后说道,"我有个预感:尼基特卡这个恶棍准要把午饭给弄坏!我确信,他已经喝醉了……"

纳斯塔霞·彼特罗夫娜顺从地走了。在离去的时候,她怀疑地瞅着玛丽雅·亚历克山德罗夫娜,觉察到她有些异常的激动。纳斯塔霞·彼特罗夫娜并没有去监视恶棍尼基特卡,而是穿过客厅,从那儿穿过走廊,走进自己的房间,再从那儿溜进一间类似小贮藏室的幽暗的房间。这里放着一些箱子,挂着各种衣服,包袱里放着全家的脏内衣。她踮着脚走近锁着的门,屏住呼吸,弯下身来,向锁孔里张望着、偷听着。这扇门是现在齐娜同她妈妈待在里面的那间房的三扇门中的一扇,永远锁着,而且是钉死的。

玛丽雅·亚历克山德罗夫娜认为纳斯塔霞·彼特罗夫娜是个有点狡猾,又非常轻率的女人。当然,有时她也产生过这样的想法:纳斯塔霞·彼特罗夫娜不讲礼貌,并会偷听。可是这会儿,莫斯卡列娃太太是那样忙碌和激动,完全忘记了采取某些预防措施。她坐到安乐椅上,意味深长地瞅着齐娜。齐娜觉察到这个目光落在自己身上，于是一种不愉快的忧郁开始紧压在她的心头。

"齐娜!"

齐娜把她那苍白的脸缓缓地转向母亲，并抬起她那双乌黑的沉思的眼睛。

"齐娜，我打算同你谈一件十分重要的事情。"

齐娜完全转向自己的妈妈，交叉着双手，站在那里等候着。在她的脸上流露出苦恼和嘲笑的神色，不过，她在竭力掩饰这种表情。

"齐娜，我想问你一下，你觉得这个莫兹格里亚科夫今天表现怎样?"

"您早就知道我对他的看法。"齐娜不乐意地回答道。

"是的，我的孩子①，可是我觉得，他那份……殷勤劲儿似乎变得有些过分死乞白赖。"

"他说他爱我，他的死乞白赖是情有可原的。"

"奇怪! 你过去从来没有……心甘情愿地原谅过他。恰恰相反，每当我提起他来，你总是攻击他。"

"您过去老是袒护他，而且一定要我嫁给他，现在却第一个攻击他——这也叫人感到奇怪。"

"有点儿。齐娜，我不否认：我曾希望你注意莫兹格里亚科夫。看到你那无穷的忧愁、你的痛苦，我很难过，这

----

① 原文为法语。

些痛苦我是能够理解的（不论你怎样想我！），这些痛苦使我成夜成夜地难以成寐。终于，我深信，只有在你的生活中来一个大的变化，才能够挽救你！而这个变化应当是结婚。我们并不富裕，不可能，譬如说，到国外去。这里的蠢驴们感到奇怪，为什么你二十三岁了还没有出嫁，而且就这件事编造了一些流言蜚语。可是难道我能把你嫁给本地的顾问官或者我们的司法稽查官伊万·伊万诺维奇吗？这儿能有你合适的丈夫吗？当然，莫兹格里亚科夫头脑空虚，然而他毕竟比所有其他人都强。他出身不错，他有亲戚，他有一百五十个农奴；这总比靠营私舞弊，靠贪污受贿，靠天知道什么样的冒险生活好些；因此我才瞩目于他。然而，我向你发誓，我对他从来没有真正的好感。我确信，至高无上的神在告诫我。而且，哪怕现在，假如偶然碰到什么更好的——啊！你还没有答应他，这是多么好啊！齐娜，你今天可是什么肯定的话也没有对他说吧？"

"妈妈，三言两语就能说清楚的事，干吗要那样绕弯子呢？"齐娜生气地说道。

"绕弯子，齐娜，绕弯子！你竟能对母亲说这样的话？可是我算得了什么呢！你早就不相信自己的母亲了！你早就把我当作自己的仇人，而不是母亲了！"

"唉，得了，妈妈！咱们犯得着为一句话而争吵吗？难道咱们彼此不了解吗？我觉得，早该了解了！"

"可是，我的孩子，你伤了我的感情！你不相信，为了安排好你的命运，我不惜牺牲一切，一切！"

齐娜嘲笑地和苦恼地瞥了母亲一眼。

"您是不是想把我嫁给这位公爵，这样来安排我的命运？"她含着异样的微笑问道。

"关于这事我可一个字也没有提，既然话已经说到这儿了，那我就顺便说上一句。假如你真的嫁给公爵，那将是你的幸福，而不是发疯……"

"而我认为这简直是胡说！"齐娜愤怒地喊道，"胡说！胡说！妈妈，我还认为，您的诗人的灵感太多了，您是个名副其实的女诗人；在这里，人们也都这样称呼您。您的设想没完没了。这些设想的不现实和荒唐并不能阻止您。还在公爵坐在这儿的时候，我就预感到，您心里已经在盘算着这件事了。当莫兹格里亚科夫在逗笑和让人相信应该给这个老头子娶亲的时候，我在您的脸上已经看出您的全部想法。我敢打赌，您在想着这件事，而且现在也是想拿这个来打动我的心。可是您为我搞的这些连续不断的设想，开始使我厌烦死了，开始折磨着我，因而请您别再向我谈这个，一个字也别提，听见了没有，妈妈，一个字也别提，而且我希望您记住这一点！"她气得喘不过气来。

"你是个孩子，齐娜，是一个受了刺激的、病态的孩子！"玛丽雅·亚历克山德罗夫娜用感人的、哭诉的声音回答道，"你和我谈话很不尊敬，使我委屈。我每天对你忍气吞声，没有一个做母亲的受得了这个样！然而你受了刺激，你病了，你在痛苦，而我是母亲，而且首先是一个基督教徒。我应当忍耐和原谅。可是齐娜，有一句话问你：假若我当真盼望这门婚事，你究竟为什么认为这一切是胡说？依我看，莫兹格里亚科夫从来没有说过这样聪明的话，像刚才他证明公爵必须结婚时所说的那样；当然不能娶纳斯塔霞这个邋遢女人。那他是胡说过头了。"

"听着，妈妈！您直截了当地说吧：您问这个只是随便问问、出于好奇，还是有意？"

"我只是问：为什么你觉得这是胡说？"

"唉，真气人！真是命该如此！"齐娜不耐烦地跺了一下脚，喊道，"假如您至今还不明白的话，那我就告诉您为什么吧——就不必提其他的荒唐之处，只谈一点就够了——利用老家伙神志不清，蒙骗他，嫁给他，嫁给这个残废人，为的是从他那里窃取他的钱财，然后每天每时盼望他死。在我看来，这不仅是胡说，而且甚至是那样卑鄙，那样卑鄙，我简直不能恭维您的这种想法，妈妈！"

沉默了片刻。

"齐娜！你还记得两年前发生的事吗？"玛丽雅·亚历克山德罗夫娜突然问道。

齐娜颤抖了一下。

"妈妈！"她用严厉的语调说道，"您曾郑重地答应过我，永远不提起那件事！"

"我的孩子，而现在我也要郑重地请求你，允许我只破一次例，我可从来没有违背过这个诺言。齐娜！该是咱们娘儿俩彻底说个清楚的时候了。这两年的沉默是可怕的！再也不能这样继续下去了！……我情愿跪下来恳求你准许我说话。齐娜，你听着：亲生的母亲跪下来恳求你！同时，我郑重地向你发出誓言——一个不幸的母亲的、宠爱自己女儿的母亲的誓言：任何时候，不管怎样，无论在任何情况下，甚至到了生死关头，我再也不谈起那件事。这将是最后一次，然而现在，这次是必要的！"

玛丽雅·亚历克山德罗夫娜期望着靠此一举完全奏效。

"请说吧。"齐娜说道，脸色变得刷白。

"齐娜，谢谢你。两年前，一位教师常来找你死去的小弟弟米佳……"

"妈妈，您何必那样郑重其事地开场呢！有什么必要来这么一大套辞令，谈这些详情细节？所有这一切都是不必要的，令人难过的，而且是咱们俩都很清楚的。"齐娜有些憎恶地打断了她。

"我的孩子，因为我，你的母亲，现在不得不在你的面前表白自己！因为我想完全从另一个方面，而不是从你所习惯看待它的那个错误视角，来向你介绍这件事情的原委，以使你更好地理解我打算从这一切中所要作出的结论。我的孩子，你不要以为，我以儿戏的态度对待你的心情！不，齐娜，你会看出，我是你真正的母亲，而且，或许，你将会痛哭流涕地跪在我的脚下，跪在像你刚才称呼我的那样，一个卑鄙的女人的脚下，亲自请求和解，你那样长久地、直到现在还是那样傲慢地拒绝的和解。齐娜，这就是我所以想要从头说起、和盘托出的缘故；要不然，我就不吭声了！"

"请说吧。"齐娜重复道，打心眼里咒骂自己的妈妈这种花言巧语的必要。

"齐娜，我接着说吧：县立学校的那个教员，差不多还是个孩子，却给你留下了一个完全使我莫名其妙的印象。我过分地信赖你的明白事理，你的高贵骄傲，而且主要的，相信他是微不足道的（因为应该全都说明白），所以根本不会怀疑你们之间会发生什么事。可是突然你来到我的面前，坚决地声明，你打算嫁给他！齐娜，这是插到我心窝上的一把匕首！我突然大叫一声，就昏了过去。可是……这一切你都记得！自然，我认为有必要动用我的全部权力，而你管我做的这些叫独裁。你想一想：一个孩子，一个教堂里的小职员的儿子，每月只挣十二卢布的薪水，会胡诌几首歪诗，人家只是出于怜悯，才给他在《读书文库》里发表，而且他只会高谈阔论这个该死的莎士比亚——像这样的一个孩子，竟能做你的丈夫，齐娜伊达·莫斯卡列娃的丈夫！而这倒像是福罗利安① 和他的牧童们！原谅我，齐娜，可是只要一想起来，就使我发火！

---

① 福罗利安·让·皮埃尔（1755—1794），法国作家，写过小说、喜剧和一些田园诗意的作品。

我拒绝了他，然而任何权力都不能阻止你。自然，你父亲只会莫名其妙地发愣，甚至搞不清楚我要给他讲的是什么。你仍然同这个孩子来往，甚至会面，而最糟糕的是，你决定和他通信。于是闹得满城风雨。人们开始含沙射影地挖苦我；人们已经兴高采烈，已经开始大肆宣扬，可是突然间，我的全部预言都极其庄严地一一兑现了。你们为了点什么事吵架了；他显然是一个根本配不上你的……坏孩子（我无论如何也不能称他为人！），他威胁你，要把你的信传遍全城。在这种威胁下，你满怀气愤，怒不可遏，打了他一个耳光。是的，齐娜，我连这件事都知道！我全都、全都知道！这个倒霉鬼当天就把你的一封信给坏蛋札乌申看了，过了一个钟头，这封信就落到我的死对头纳塔丽雅·德米特利耶夫娜的手里。当天晚上，这个疯子，由于悔恨，愚蠢地企图服毒自杀。总而言之，丢人现眼到了极点喽！纳斯塔霞这个邋遢鬼慌慌张张地跑来找我，带来一个可怕的消息：信在纳塔丽雅·德米特利耶夫娜手里已经整整一个钟头了；再过两个钟头，全城都将知道你的丑事！我控制住了自己，没有晕倒，可是你使我的心遭受到多么大的打击啊，齐娜。纳斯塔霞，这个不要脸的女人，这个恶人，要二百个银卢布，并为此发誓保证把这封信给弄回来。我亲自，穿着单薄的鞋子，踏着大雪，跑到犹太人布姆斯坦那里，典当我的宝石项链——我那虔诚的母亲的纪念品！过了两个钟头，信回到我的手中。纳斯塔霞把它给偷来了。她撬开了首饰匣，于是——你的名誉得到保全了——证据没有了！可是你使我多么胆战心惊地度过那可怕的一天啊！到了第二天，我发现，有生以来第一次在我的头上出现了几根白发。齐娜！你自己现在也批判这个孩子的行为。你自己现在，或许带着苦笑也会同意：把自己的命运托付给他是太轻率了。然而从那时起，我的孩子，你就痛苦、难过；你不能忘怀他，或者不如说，不是他——他永远也配不上你——而是自己以往的幸福的幻影。这个倒霉鬼现在快要死了；听说他生了肺病，而你——善良的天使！——不想在他活着的时候出嫁，以免使他伤心，因为他直到现在还因嫉妒而痛苦，虽然我确信，他从来没有真心地、诚挚地爱过你！我知道，他在听到莫兹格里亚科夫的追求之后，他在暗中打听，派人当密探，到处询问。而你却宽恕他，我的孩子，我猜透了你的心思；而且老天爷看见，痛苦的泪水洒满了我的枕头！……"

"够了，妈妈！"齐娜非常厌烦地打断说，"谁需要您的枕头（压根儿用不着提您的枕头），"她讥讽地补充说道，"别来这一套花言巧语、矫揉造作了！"

"齐娜，你不相信我！别像仇人似的盯着我，我的孩子！这两年来，我的眼睛从来没有干过，不过我不让你看见我的眼泪罢了，而且我向你发誓，在这段时间里，我自己大大地变样了！我早就了解你的感情，可是很抱歉，只是现在才清楚你的痛苦是这样的深。我把这种依恋看成是这个该死的莎士比亚引起的浪漫主义。这个该死的莎士比亚，好像故意似的，在人家不要他管的地方，偏要到处去多管闲事——我的朋友，难道能因我的这种看法而责备我吗？哪个做母亲的能够因为我当时的惊恐，因为我所采取的措施，因为我的裁判严厉而指摘我呢？可是现在，现在，看到你两年来的痛苦，我理解并珍惜你的感情。请你相信：我对你的了解，或许大大超过你对自己的了解。我深信，你爱的不是他，这个矫揉造作的孩子，而是自己美好的幻想、自己失去的幸福、自己崇高的理想。我自己也恋爱过，而且，或许比你更强烈。我自己也痛苦过，我也有过自己的崇高的理想。因而，我把同公爵的结合看作——在你目前的处境下，对你来说——最好的解救办法，最必要的事情。为这件事，现在谁能责备我，首先是你，难道能责备我吗？"

齐娜惊异地听着这一整套长篇大论，而且非常清楚，妈妈从来不会无缘无故地使用这样的口吻。然而最后的出乎意外的结论，更使她大为吃惊。

"那么，难道您当真决定把我嫁给这位公爵吗？"她诧异地、几乎是惊恐地望着自己的母亲，喊叫起来，"那么，这已经不是单纯的幻想，不是设想，而是您的坚定意图？那么，我猜对了？而且……而且……这桩婚事怎样挽救我？什么叫在我目前的处境下是必要的呢？而且……而且……这一切又怎样能同您刚才所说的那一大套话、同整个这件事扯到一起呢？……妈妈，我一点也不明白您的意思！"

"可是我很奇怪，我的天使①，怎么能不明白这些呢！"玛丽雅·亚历克山德罗夫娜也很激动地喊道，"第一，单提这么一点就够了：你会进入另一个社会，另一个天地！你可以永远离开这个令人厌恶的小城市，这个对你来说充满可怕回忆的城市，在这里，你得不到尊敬，没有朋友；在这里，人们诽谤你；在这里，所有这些喜鹊②因为你长得漂亮而嫉恨你。你甚至可以在今春就到国外去，到意大利去，到瑞士去，到西班牙去，齐娜，到西班牙去，那里有阿尔罕布拉宫③，那里有瓜达尔基维尔河④，不像这里的小河，既肮脏，名字又很难听……"

"对不起，妈妈，您这样说，就好像是我已经出嫁了，或者至少是公爵已经向我求婚了？"

"这你就别担心了，我的天使，我知道我在说什么。可是让我说下去。我已经谈了第一点，现在谈第二点：我的孩子，我知道，你若是答应嫁给这个莫兹格里亚科夫，你

---

① 原文为法语。
② 指好叽叽喳喳的女人。
③ 西班牙摩尔诸王的官殿，在格拉纳达城附近，建于十三至十四世纪，摩尔建筑艺术的优良典范，风景优美，是西班牙著名的名胜古迹，游览胜地。
④ 西班牙南部的河流，注入大西洋加的斯湾。

会多么反感的……"

"不用您说我也知道，我永远不会做他的妻子！"齐娜激烈地回答道，她的眼里也渐渐地泛起光。

"我的亲爱的，你要是知道我是多么了解你的反感就好了！在神坛面前宣誓爱自己不可能爱的人，是可怕的！委身于自己根本瞧不上眼的人，是可怕的！而他，他需要你的爱情；他就是为了这个而想同你结婚的；当你转过身去的时候，我根据他瞧你的那种眼神就意会到这一点了。勉强是叫人难受的！二十五年来我亲身体会到这一点。你父亲毁了我。可以说，他断送了我的青春，况且你多少次看见我伤心落泪啊！……"

"爸爸在乡下，请您别提他啦。"齐娜回答道。

"我知道，你老是护着他。唉，齐娜！当我出于利益的考虑，希望你同莫兹格里亚科夫结婚的时候，我整个心都要碎了。然而同公爵，你就没有什么可勉强的了。自然，你不会对他产生……爱情，而且他自己也不会要求这种爱情……"

"我的天哪，多么荒唐啊！然而请您相信，您从一开头，从最初的、最主要的一点就错了！要知道，我不愿意不明不白地牺牲自己！要知道，我根本不想出嫁，不管他是谁，而且我要保持独身！您两年来老是责备我不出嫁。那有什么呢？这您总该容忍吧。我不愿意，就是不愿意！就是这么着！"

"可是，齐诺琪卡①，我的心肝，看在上帝的分上，没有听完，先别发火。说真的，你的性子怎么那样暴躁！让我说说我的看法，你马上就会同意我的。公爵可能再活一年，最多两年，而且依我看，当一个年轻的寡妇要比当老处女强。何况，在他死后，你就是公爵夫人，自由，有钱，无拘无束！我亲爱的，或许你瞧不起这一切算计——指望他死！然而，我是母亲，而哪个做母亲的能为我这种远见而责备我呢？最后，假若你，善良的天使，直到现在还怜惜这个孩子，怜惜到不愿在他活着的时候出嫁的程度（我是这样猜想的），那么你想一想，你若是嫁给公爵，你就会促使他在精神上振作起来、高兴起来！如果他还有一点点正确的看法，那么他自然就会明白，嫉妒公爵是不应当的，是可笑的；他会明白，你的出嫁是出于利益，出于必要。最后，他会明白……我的意思只不过是想说，公爵死后你还可以再嫁，愿意嫁谁就嫁给谁……"

"不客气地说，就是这么回事：嫁给公爵，抢光他的财产，然后盼望他死，以便嫁给情人。您的算盘打得可真精啊！您想诱惑我，让我……妈妈，我了解您，很了解您！您无论如何也要显示出高尚的感情，甚至在干肮脏的勾当时也是这样。您最好还是直截了当地说：'齐娜，这是卑鄙勾当，但很有利，因此你同意吧！'这至少还比较坦率些。"

---

① 齐娜伊达的爱称。

"可是，我的孩子，何必非要从这个观点，从欺骗、狡诈和贪财这个观点来看呢？你把我的打算看成卑鄙行为，看成欺骗行为？可是千万别这么看，这里哪儿有欺骗？这算得了什么卑鄙行为呢？你照一照镜子吧，你是那么漂亮，为了你可以抛弃江山！突然你，你这个美人，居然能把自己最好的年华献给一个老头！你，像一颗灿烂的明星，照亮他的生命的黄昏；你，像一丛翠绿的常春藤，环绕着他的暮年；是你，而不是那棵荨麻，那个下贱的女人。她只会用妖术迷住他，贪婪地吸吮他的血汁！难道他的金钱、他的爵位和庄园能比你还贵重？这里哪儿有欺骗和卑鄙？齐娜，你自己都不知道你在说些什么！"

"既然必须嫁给一个残废，那当然就是值得的！妈妈，不管目的怎样，欺骗终归是欺骗。"

"我亲爱的，恰恰相反，恰恰相反！我的孩子，甚至可以从崇高的观点、甚至可以从基督教的观点来看这件事！你自己有一次大发脾气，对我说想去当护士。你的心感到痛苦，变得冷漠无情了。你说（我知道这一点），你的心已经不可能再爱什么了。假如你不相信爱情，那么就把自己的感情转移到别的更崇高的事情上去吧，像孩子那样，真纯、笃信和虔诚，上帝就会赐福给你的。这位老人也在受苦，他很不幸，人们在追逐他；我认识他已经好几年了，而且对他总是怀有那么一种说不出的同情、一种爱，我仿佛是预感到什么似的。你做他的朋友，做他的女儿，甚至哪怕是做他的玩偶——若要把话说到底的话！可是你会温暖他的心，而且你这样做是为了上帝，为了行善！他令人可笑——别管这些。他是一个半死不活的人——要怜悯他，要知道，你是一个基督教徒啊！要强制自己，这种功绩是需要的。依我们看，在医院里替人包扎伤口是令人难受的，呼吸医院里有病毒的空气是令人厌恶的。可是有那么一些上帝的天使，在干着这种事情，并为自己的使命而感谢上帝。这就是医治你那颗受了欺凌的心灵的良药、事业、功绩——你就能以此治好自己的创伤。这里哪儿有什么自私，哪儿有什么卑鄙？可是你不相信我！也许你在想，我谈什么义务、什么功绩，都是虚伪的。你无法理解像我这样一个上流社会的、好虚荣的女人，怎么会有良心、感情、原则？那又有什么办法？你就别信，你就伤自己母亲的心吧！可是你得同意，她的话是有道理的，是治病救人的。要不，你就设想，说这话的不是我，而是另外一个人；闭上眼睛，面向墙角，设想有那么一个神秘的声音在对你说……主要的，使你感到难为情的是，这一切都是为了金钱，仿佛这是在做一桩买卖，对吧？最后，如果你是那样地憎恶金钱，那你就别要钱！留下自己必需的，其余的都分给穷人。譬如，哪怕救济一下他，这个不幸的、垂危的人。"

"他不会接受任何救济的。"齐娜低声地、仿佛是在自言自语地说道。

"他不接受，可是他母亲会接受的，"扬扬得意的玛丽雅·亚历克山德罗夫娜回答道，"她会背着他接受的。半年前，你卖掉自己的耳环——那是姑妈的礼物——救济过她，这我知道。我知道，这老太婆为了养活自己不幸的儿子，替人家洗衣服。"

　　"他很快就不需要救济了！"

　　"我明白你指的是什么，"玛丽雅·亚历克山德罗夫娜紧接着说道，而且一个灵感，真正的灵感忽然在她的脑海中浮现，"我明白你说的是什么。听说，他在患肺痨，很快就会死掉。可是这究竟是谁说的呢？前两天，我特意向卡里斯特·斯坦尼斯拉维奇打听过他的情况；齐娜，我关心他，是因为我有良心。卡里斯特·斯坦尼斯拉维奇回答我说，当然，病情是危险的，然而他至今相信，糟糕的不是在于肺痨，而是相当严重的心肌紊乱。你要是不信，就亲自去问吧。他满有把握地告诉我，若是在另一种情况下，特别是在易地疗养和改变心情的情况下，病人就可以恢复健康。他对我说，在西班牙（这我早就听说过，甚至读到过），在西班牙有那么一座非凡的岛屿，好像是马拉加①，总而言之，像一种葡萄酒似的，在那里，不仅患心脏病的人，甚至真得了肺痨病的人，单凭那里的气候，就能够完全恢复健康。自然，专程到那里去疗养的，只是一些达官

_____

①　马拉加是西班牙南部的一个城市，并不是一座岛，以盛产葡萄酒闻名，这种葡萄酒也叫做马拉加。

贵人，或者，也许还有商人，然而只是一些非常富有的人。而单只是那令人心醉的阿尔罕布拉，那些桃金娘，那些柠檬树，那些骑着自己的骡子的西班牙人就够了！——单只是那些就满可以给诗人气质以不寻常的心境。你认为他不会接受你的资助、你的金钱，去做这种旅行吗？那你就瞒着他，假如你怜悯他的话！为了救人的命，欺瞒是情有可原的。给他以希望，最后答应爱他；告诉他，守寡以后嫁给他。世上的一切事情都能够说得冠冕堂皇。齐娜，你的母亲不会教你不高尚的东西；你这样做，是为了救他的命，因而这一切都是可以允许的！你使他死灰复燃，他自己会开始注意自身的健康、治病，听大夫的话。为了幸福，他将努力恢复健康。假如他真的恢复了健康，你即使不嫁给他——他毕竟恢复了健康，毕竟是你救了他，使他获得重生！——最后，你也可以用怜悯之情对待他！也许，命运使他受到教育，使他变好了，而且只要他配得上你，那么在你守寡以后，你就嫁给他。那时候你又有钱又自由。你可以在治好他的病以后，替他搞到地位、官职。那时候，你跟他结婚，要比现在这个根本办不到的情况下，更容易被人们谅解。假如你现在决心去干蠢事，等待着你们俩的是什么呢？被大家瞧不起，贫困，揪学生们的耳朵（因为这直接关系到他的工作岗位），一块儿读莎士比亚，一辈子待在莫尔达索夫，最后，是他的不断逼近的、不可避免的死亡。可是反过来，你要是使他再生，使他为有益的生活、为干好事而再生；你要宽恕他，使他崇拜你、使他为自己的卑鄙行径感到难过，而你为他开辟了新的生活，宽恕了他，给他带来希望，并使他安下心来。他可以得到官职，得到提拔。最后，甚至即使他不能够恢复健康，那他也会幸福地、心安理得地死在你的怀里（因为在这个时刻，你自己可以守在他的身边）；他会深信你的爱情，得到你的宽恕，在桃金娘和柠檬树的树荫下，在蔚蓝色的、异乡的天空下安然死去！啊，齐娜！所有这一切都在你的掌握之中！一切有利条件都在你这一边，而所有这一切都得经过和公爵结婚。"

玛丽雅·亚历克山德罗夫娜说完了。沉默了很久。齐娜处于无法形容的激动之中。

我们不打算描述齐娜的情绪，我们无法猜出这种情绪。然而，看来玛丽雅·亚历克山德罗夫娜找到了通向她心灵的真正的途径。她虽然不知道女儿目前的心情，但是她一一琢磨了它的一切可能，而且终于猜到：她找到了真正的途径。她粗暴地触到齐娜内心的最痛处，而且，自然按照习惯，不能不显示一番高贵的感情；当然，这种感情并没有迷惑住齐娜。玛丽雅·亚历克山德罗夫娜想着："可是她不相信我，这算不了什么，只要迫使她思考就行了！只要把我不便于说出来的话暗示给她就行了！"她这样想着，而且也达到了目的，已经产生了效果。齐娜贪婪地听着，面颊通红，胸脯起伏。

"妈妈，您听着，"她终于坚决地说道，尽管她脸上突然出现的苍白清楚地表明，她下这个决心费了多么大的力气，"妈妈，您听着……"

然而恰恰在这个当儿，从前厅里传来了嘈杂声和询问玛丽雅·亚历克山德罗夫娜的尖锐的、刺耳的嗓音。这声音使齐娜突然止住了。玛丽雅·亚历克山德罗夫娜从座位上跳了起来。

"唉，老天爷！"她大叫起来，"鬼把这只喜鹊——上校的老婆——支使到这儿来了！要知道，两周前我几乎是把她赶出去的！"她几乎绝望地补充说道，"可是……可是现在不能不接待她！不能啊！大概她带来了什么消息，要不然她是不敢露面的。齐娜，这很重要！我需要知道……现在什么都不能放过！"

"啊，我是多么感激您的光临啊！"她一面喊着，一面迎着进来的客人奔过去，"最亲爱的索菲娅·彼特罗夫娜，您怎么忽然想起我来啦？这真是叫人意想不到的大喜事啊！"

齐娜从屋子里跑了出去。

六

上校夫人，索菲娅·彼特罗夫娜·法尔普兴娜，只是在性格上像一只喜鹊，体格上却很像一只麻雀。这是一位五十岁、身材矮小的太太，一对灵活的小眼睛，满脸雀斑和黄斑。两条细细的、坚实的、麻雀腿般的小腿支撑着她那干枯瘦小的身子。身上穿着一件绸料的深色连衣裙。这衣服老是窸窣作响，因为上校夫人一刻也不能安宁。这是一位阴险的、爱报复的是非专家。她因为自己是上校夫人而得意非凡。她三天两头同退伍的上校、自己的丈夫打架，抓破他的脸皮。此外，她每天早上要喝四杯伏特加，晚上如数照饮，而且她恨透了安娜·尼古拉耶夫娜·安季波娃，就是这位安季波娃上星期把她从自己家里撵了出去，她同样也恨透了当时在一旁煽风点火的纳塔丽雅·德米特利耶夫娜·帕斯库金娜。

"我到您这儿来只待一小会儿，我的天使，"她叽叽喳喳地说起来，"我其实用不着坐下。我只是顺便来说一声，咱们这儿出了多么稀奇的事。简直全城都因这位公爵而发疯了！我们这儿的诡计多端的人们——您是了解的！①——在寻他，找他，争先恐后地拉他，拿香槟酒灌他，真叫人难以相信！难以相信！可是您怎么竟然把他从您这儿放走了？您知道吗？他这会儿正在纳塔丽雅·德米特利耶夫娜家里呢！"

"在纳塔丽雅·德米特利耶夫娜家里！"玛丽雅·亚历克山德罗夫娜在座位上猛然颠了一下，喊叫起来，"他本来只是去见省长的，然后，也许会到安娜·尼古拉耶夫娜家里去一趟，而且只是待一会儿！"

"是啊，一会儿；那您现在就去捉他吧！他在省长家里没有碰见省长，随后就到安娜·尼古拉耶夫娜家里去了，答应在她那里吃午饭，而纳塔什卡②现在不离开那里，硬把公爵拉到自己家去，在午饭前吃一顿早饭。瞧，这就是您的公爵！"

"那么……莫兹格里亚科夫是怎么回事？他可是答应……"

"您还惦记着这位莫兹格里亚科夫呢！您这位受人夸奖的……连他也跟着他们一起去那儿了！您瞧着吧，要是在那里不把他拉到牌桌旁，像去年那样再大输一场才怪呢！连公爵也会被拉到牌桌旁，把他抢光的！而这个纳塔什卡，她在散布些什么啊！她高声喊道，您在引诱公爵。哼！这里边……是有一定目的的——您是了解的吧？她亲自向他

---

① 原文为法语。
② 纳塔丽雅的卑称。

说明这一点。当然，他什么也不明白，像木鸡那样坐在那里，并且对任何话都回答说：'是啊！是啊！'而她自己呢，她自己呢！把她的索妮卡领出来，您想想看，都十五岁啦，还穿着很短很短的连衣裙！刚刚到膝盖，您会想象得到的。他们派人去找玛什卡这个孤女，她也穿着一件很短很短的连衣裙，还盖不住膝盖，我用眼镜瞧着……给她们头上戴了那么一种插着羽毛的红帽子，我简直不知道这是什么意思！而且在钢琴的伴奏下，让这两个黄毛丫头在公爵面前跳哥萨克舞。喂，您是知道这位公爵的癖好的。他简直是神魂颠倒了，嘴里喊着：'好身材！好身材！'用长柄眼镜盯着她们，而这两只喜鹊，却在卖弄风骚！满脸通红，大腿乱扭，这种玩艺儿算什么！呸！这还算舞蹈！当我从嘉尔妮夫人的贵族女子学校毕业时，我本人曾经跳过披肩舞，我给人的印象优雅极啦！议员们向我鼓掌！在那里受教育的都是公爵和伯爵的女儿！而她们这不过是康康舞①罢了！我臊得脸都发烧啦，脸都发烧啦，脸都发烧啦！我简直坐不住了！……"

"可是……您当真亲自去过纳塔丽雅·德米特利耶夫娜那儿吗？难道您……"

"是啊，上星期她侮辱过我。这件事我对谁也不瞒着藏着。可是，我亲爱的②，我想起哪怕从缝隙里瞧一瞧这位

---

① 法国游艺场中的一种下流舞蹈。
② 原文为法语。

公爵也是好的，于是我就去了。不然的话，我在哪儿能瞧见他呢？要不是这可恶的公爵，我才不会上她那儿去呢！您想想看，给大家分巧克力，就是不给我，而且始终不跟我说一句话。要知道，她这是故意的……这个少见的小木桶！现在我得给她点厉害瞧瞧！再见，我的天使，我现在得赶紧走，赶紧走……我一定得碰上阿库琳娜·潘菲洛夫娜，也得告诉她……只是您现在就这么同公爵分手啦！他不会再到您这儿来了。要知道，他可是没有记性的，安娜·尼古拉耶夫娜准会把他拉到自己家去的！她们大家都怕您会……知道吗？指的是齐娜……"

"真可怕！①"

"我可以担保！全城的人都在嚷嚷这件事呢。安娜·尼古拉耶夫娜准想留他吃午饭，而后就完全留下来啦。她这样做是有意同您为难，我的天使。我跑到她的院子，从门缝往里瞧了一下。那里简直忙得不可开交：在准备午饭，一阵阵刀声，打发人去买香槟酒……赶紧去，赶紧去，趁他要到她那儿去的时候，半路上把他截住。他可是首先答应到您这儿来吃午饭的！他是您的客人，而不是她的！怎么能让这个诡计多端的女人，这个捣乱鬼，这个饭桶来笑话您呢！尽管她是检察官夫人，可是她连我的鞋底都不值！我本人是上校夫人！我在嘉尔妮夫人的贵族女子学校

———————————————

① 原文为法语。

受过教育……呸！可是再见了，我的天使！①我自己有雪橇，要不我就同您一道去了……"

小灵通消失了，玛丽雅·亚历克山德罗夫娜急得直哆嗦，然而上校夫人的劝告是非常清楚和实际的。没有什么可迟疑的，再说，时间也不允许再迟疑了。可是眼前还摆着一个最大的难题。玛丽雅·亚历克山德罗夫娜冲进齐娜的房间。

齐娜交叉着双臂，垂着头，在屋子里踱来踱去，脸色苍白，心绪不佳。她的眼睛里含着眼泪，而她那投向母亲的眼神里却闪耀着决心。她急忙收起眼泪，嘴唇上浮现出尖刻的冷笑。

"妈妈，"她抢在玛丽雅·亚历克山德罗夫娜的前面说道，"刚才您对我发表了一大套动听言论，说得太多了。这迷惑不了我。我不是个孩子。一点也没有这种志向，却要使自己相信能够做出护士的忘我的行为；把纯粹是出于自私自利的卑鄙行径硬说成是为了高尚的目的——这一切是那样的虚伪，它根本骗不了我。您听着：这些东西骗不了我，而且我希望您一定要明白这一点！"

"可是，我的天使！……"一下子变得怯懦的玛丽雅·亚历克山德罗夫娜喊道。

"住口，妈妈！您要耐心听完我的话。尽管我十分清楚

----

① 原文为法语。

70

这一切纯粹是虚伪的，尽管我完全相信这种行为是很不高尚的，然而我完全接受您的建议，听见没有：完全，并且向您声明，我准备嫁给公爵，而且甚至准备帮助您的一切努力，以便迫使公爵同我结婚。我为什么要这样做？——您无须知道。知道我下了决心就够了。我决心去干这一切：我将给他拿鞋，我将做他的女仆，我将为了使他愉快而跳舞，以便在他的面前弥补我的卑鄙罪过；我将用尽世上的一切办法，使他不为同我结婚而后悔！可是，我这种决定的交换条件是，要求您坦白地告诉我：您怎样安排这一切？既然您开始那样坚决地谈到这一点，那么——我了解您——您不可能脑子里没有某种明确的计划就开始。您哪怕一生中就坦白这么一次，坦率也是必要的条件！在没有完全弄清您将怎样做到这一切的情况下，我不能下定决心。"

齐娜的出乎意料的结论使玛丽雅·亚历克山德罗夫娜万分窘迫，以至于好一会儿站在她的面前，由于惊讶而张口结舌、呆若木鸡，睁大眼睛望着她。她从来惧怕自己女儿的那种严峻的高贵气度，本打算要同她那顽强的浪漫主义斗争一番，可是突然听到，女儿完全同意她的意见，而且准备去干这一切，甚至违背自己的信念！可见事情是十拿九稳了，于是在她的眼睛里开始闪耀出快乐的光辉。

"齐诺琪卡！"她兴奋地呼喊道，"齐诺琪卡！你是我的亲骨肉！"

她再也说不出什么话来，猛然跑过去拥抱自己的女儿。

"唉，天哪！我不要您的拥抱，妈妈，"齐娜极其厌恶地喊道，"我不需要您的欢欣！我要求您回答我的问题，别的什么都不需要。"

"可是，齐娜，我这是爱你呀！我疼爱你，你却讨厌我……我可是为你的幸福在努力……"

接着，在她的眼睛里开始闪烁着真情的泪花。玛丽雅·亚历克山德罗夫娜的确爱齐娜，只是按照自己的方式罢了。而这一次，由于成功和激动，心肠大大地软了下来。齐娜虽然对事物的真知灼见是有限的，但是她也明白，母亲爱她，可是她仍为这种爱感到苦恼。若是母亲恨她，她反而会感到更轻松些……

"得了，别生气，妈妈，我太激动了。"为了安慰母亲，她说道。

"我不生气，不生气，我的宝贝！"玛丽雅·亚历克山德罗夫娜霎时间活跃起来，喋喋不休地说道，"我自己也很清楚，你是在激动。你瞧，我亲爱的，你要求坦率……好吧，我就坦率，完全坦率，我向你保证！只要你相信我就好了！第一，我告诉你，十分明确的计划，也就是说包括一切详情细节，我还没有，齐诺琪卡，而且也不可能有；你是个聪明孩子，你会理解为什么没有。我甚至预见到某些困难……你瞧，刚才这个喜鹊还对我说了各种各样的风言风语……（唉，老天爷！得赶快啦！）你瞧，我是多么坦率啊！然而，我向你发誓，我一定要达到目的！"她兴致勃勃地补充道，"我的信心根本不是幻想，像你刚才所说的那样，我亲爱的；它是有事实根据的。它的根据是，公爵完全神志不清，而且是多么好的一块底布，在它上面你愿意绣什么就绣什么。要紧的是，不要有人妨碍！哼，这些蠢货哪里是我的对手，"她用手敲了一下桌子，两眼炯炯发光地喊道，"这就是我的事了！而为此，最必要的是尽可能快点动手，甚至，只要可能的话，今天就把主要的事情干完。"

"好吧，妈妈，只是请您再听一遍……坦率：您知道吗，我为什么对您的计划那样感兴趣，而且不相信它？因为我不相信自己。我已经说过，我决定去干这种卑鄙的事；可是假如您计划的详情细节过于使人反感、过于肮脏，那我要向您声明，我可受不了，我会完全甩手不干。我知道，这是一件异想天开的卑鄙的事：决心去干卑鄙的事，而又怕掉进污泥里玷污自己，可是有什么办法呢？事情一定会是这样！……"

"可是，齐诺琪卡，这里哪有什么特别卑鄙的事？我的天使？"玛丽雅·亚历克山德罗夫娜怯懦地反驳道，"这里只不过是一桩有利的婚事罢了，而且大家都是这样做的呀！只要从这个观点去看，一切都会显得十分高尚了……"

"唉，妈妈，千万不要和我耍滑头！您瞧，我一切一切都同意！您还需要什么呢？假如我说出事情的真实情况，请您别介意。也许，现在这是我唯一的安慰了！"

在她的嘴唇上露出了一丝苦笑。

"好啦，好啦，我亲爱的，思想尽管可以不同，还是要互相尊重嘛。只是假如你担心细节，怕它们是肮脏的，那么你就让我去干所有这些麻烦事吧；我担保，连一滴脏水也不会溅到你身上。难道我还愿意让你在大庭广众面前丢脸吗？只要你信赖我，一切事情都会办得十分圆满，极其高尚，主要的是极其高尚！不会有任何难堪的，即使有那么一丁点难以避免的小小的难堪，那……也算不了什么！那时候咱们早已远走高飞了！咱们不会留在这里的！让她们去大嚷大叫吧，根本不把她们放在眼里！她们自己还眼馋呢！她们根本不值得一顾！你甚至使我感到奇怪，齐诺琪卡（可是你别生我的气），像你这样骄傲的人，怎么会怕她们呢？"

"唉，妈妈，我根本不是怕她们！您一点也不了解我！"齐娜生气地说道。

"得啦，得啦，我的宝贝，别生气！我的意思只是说，她们自己每天都在干肮脏事，而你一辈子总共只不过有那么一次……我这是怎么回事，是犯傻啦！这压根儿不是什么肮脏事！这里哪儿有什么肮脏事？恰恰相反，这甚至是极其高尚的事。我坚决地向你证明这一点，齐诺琪卡。第一，再说一遍，一切要看你从什么观点出发。"

"够了，妈妈，再别提您的那些证据了！"齐娜气愤地喊道，而且不耐烦地跺了一下脚。

"得啦，我的宝贝，我不啦，不啦！我又信口开河了……"

沉默了片刻。玛丽雅·亚历克山德罗夫娜温顺地跟在齐娜的后面，不安地瞧着她的眼睛，就像一条做了错事的小狗瞧着自己女主人的眼神似的。

"我甚至不清楚，您将怎样着手，"齐娜厌恶地继续说道，"我确信，您只能遭到一场羞辱。我不在乎她们的意见，可是对于您来说，这将是耻辱。"

"哦，假如只是这个使你不安，我亲爱的，那你就尽管放心吧！我请你，我恳求你！只要咱们意见一致就好了，关于我，你就不必操心了。哎哟，你可不知道，多少难关我都顺利地闯过来了，这点事对我来说又算得了什么！只要给我机会，让我试一试就好啦！无论如何首先得尽快能同公爵单独在一起。这是最首要的！而其余的一切都将取决于这一点！但是我也预感到其余的事。她们大家会起来反对的，可是……这没有什么了不起的！我独自去收拾她们！使我担心的还有莫兹格里亚科夫……"

"莫兹格里亚科夫？"齐娜轻蔑地说道。

"是的，莫兹格里亚科夫。不过，你别怕，齐诺琪卡！我向你发誓，我要制服他，让他非帮咱们的忙不可！齐诺琪卡，你还不了解我！你还不知道我的本事！唉，齐诺琪卡，我的宝贝！不久以前，我一听说这位公爵，我的脑子里马上就燃起了一个念头！我仿佛是一下子就完全活跃起来了。可是谁、谁能够料到，他竟会到咱们家里来？这真是千载难逢的大好时机啊！齐诺琪卡！我亲爱的！你嫁给一个老头，一个残废，这并不是耻辱；要是你嫁给一个使你难以忍受的人，而同时又真正地成为他的妻子，那才是耻辱呢！更何况你并不是公爵的真正妻子。这也不是什么结婚。这只不过是一个家庭合同！要知道，这对他这个傻瓜，是有利的——使他这个傻瓜得到无上的幸福！哎哟，你今天是多么的漂亮呀，齐诺琪卡！简直不是美人，而是一位绝代佳人！假如我是个男人，只要你愿意，我会把半个国家奉送给你！他们都是些蠢驴！嘿，怎么能不吻这只小手？（于是玛丽雅·亚历克山德罗夫娜亲热地吻着女儿的手。）这可是我身上的一块肉，我的亲骨肉啊！哪怕是强迫，也要逼着他这个傻瓜结婚不可！而咱们将开始过什么样的生活啊，齐诺琪卡！你不会离开我吧？齐诺琪卡！你不会一得到幸福就把自己的母亲赶走吧？尽管我们拌过嘴，我亲爱的，你终归没有像我这样的亲人了，终归……"

"妈妈，假如您已经拿定了主意，那么，也许，您现在该……张罗张罗了。您在这儿只是浪费时间！"齐娜不耐烦地说道。

"是时候了，是时候了，齐诺琪卡，是时候了！哎呀！我说得太久了！"玛丽雅·亚历克山德罗夫娜急忙跳起来，"她们在那儿想完全把公爵勾引住。我马上乘车去！到那儿，把莫兹格里亚科夫叫出来，然后……如果必要的话，我要硬把公爵给拉走！再见，齐诺琪卡；再见，亲爱的，别发愁，别怀疑，别悲伤，要紧的是——别悲伤！一切都会办得挺漂亮，很高尚！主要的是，从什么观点来看喽……好啦，再见，再见！……”

玛丽雅·亚历克山德罗夫娜给齐娜画了十字①，蹦出房间，在自己屋子里左右转动着照了一会儿镜子，两分钟后，就乘上自己的带滑铁的轿式马车（这辆马车，每天大约在这个钟点总是套好了的，以便随时出门），沿着莫尔达索夫的街道飞驰起来。玛丽雅·亚历克山德罗夫娜的生活过得很阔绰②。

“哼，你们想捣鬼，胜过我，办不到！”她坐在自己的马车上想道，“齐娜同意了，这就是说，事情已经成功了一半，而在这个节骨眼上就此告吹？没有的事！齐娜呀齐娜！你终于还是同意了！这就是说，别人的打算对你的小脑袋瓜儿也会起作用！我给她描绘了一幅多么诱人的前景啊！我打动她的心了！可是真叫人惊讶，她今天多么漂亮啊！要是我有她那样的漂亮，哼，我得把半个欧洲照我的意思翻个个儿！好吧，咱们就等着瞧吧……当她成为公爵夫人、懂一点事的时候，那个莎士比亚就会消失的。她知道什么？只不过是莫尔达索夫和她那个教书匠！嗯……她将会变成一位什么样的公爵夫人啊！我就喜欢她的那

---

① 表示祝福的意思。
② 原文为法语。

股骄傲劲儿、那股勇气、那种高不可攀的神气！那副眼神，像皇后一样。可是怎么搞的，怎么不明白自己的利益所在？终究还是明白过来了！别的事也会明白的……要知道，我时刻不离她的左右！在一切事情上，她终究会同意我的！可是没有我就不行！我本人将成为公爵夫人；连彼得堡都会知道我。再见了，这个鬼地方！公爵一死，这个小子一死，到那时候，我就把她嫁给当权的太子！只有一点使我担心害怕：我是不是过分信任她了？我是不是过分坦率了？我是不是过分心软了？她叫我害怕，啊，真叫我害怕！"

于是玛丽雅·亚历克山德罗夫娜陷入了自己的沉思。不用说，这些思虑都是很伤脑筋的。可是俗话说得好：一不做，二不休！

当剩下齐娜一个人的时候，她交叉着双手，沉思着在房间里踱来踱去。她反复思考了许多事情。她不时地、而且几乎是不知不觉地反复地说着："是时候了，是时候了，早到时候了！"这种断断续续的叹息意味着什么呢？泪珠不止一次地在她那长长的丝一般的睫毛上晶莹闪光。她并不想去擦拭它们、止住它们。然而她的妈妈那么担心，那么煞费苦心地猜想自己女儿的心思，这全是多余的：齐娜已完全下定了决心，并准备去应付一切后果……

"慢着！"纳斯塔霞·彼特罗夫娜在上校夫人走后，从自己的小贮藏室里钻出来的时候想道，"而我还在打算为这位公爵戴上一朵玫瑰色的小花结呢！我这个傻瓜真以为他要娶我呢！哼，小花结，去你的吧！哈，玛丽雅·亚历克山德罗夫娜！我在你们这儿竟成了一个邋遢女人，一个要饭的，我要了二百卢布的贿赂！哼，能饶了你吗？能不要吗？像你这样的阔太太！我是光明正大地拿的；我拿这钱是为了办这件事开销……兴许，我自己还得贿赂别人呢！我不惜亲自动手把锁给撬开了，这关你什么事？我这是为你干的，你这个不爱干粗活的女人！你只能在底布上绣花！你等着吧，瞧我揭你的老底。我要让你们俩瞧一瞧，我是个什么样的邋遢女人！让你们领教一下纳斯塔霞·彼特罗夫娜有多么温顺！”

七

可是玛丽雅·亚历克山德罗夫娜正在为她的天才所陶醉。她筹划了一个宏伟大胆的计谋：把女儿嫁给一位富翁、公爵和残废人；利用自己客人的神志不清和毫无防备，瞒着大家把她嫁给他，像玛丽雅·亚历克山德罗夫娜的仇人们可能说的那样，偷偷地嫁给他——这个计谋不仅大胆，而且甚至勇猛。当然，这个计谋是有利的，可是一旦失败，它会使策划者蒙受奇耻大辱。玛丽雅·亚历克山德罗夫娜知道这一点，然而她并不感到无望。她对齐娜说："多少难关我都顺利闯过来了！"而且她说得一点也不错。要不，她还算什么女英雄？

显然，这件事有点像拦路抢劫，然而玛丽雅·亚历克山德罗夫娜对于这一点也不在意。关于这一点，她有一个非常可靠的想法："只要结了婚，那就离不了婚。"这个想法虽然很简单，但是它所能带来的非同寻常的利益是很能引起人的遐想，以至于玛丽雅·亚历克山德罗夫娜只要一想到这些利益就浑身哆嗦，遍体发麻。总之，她非常激动，坐在自己的马车里如坐针毡。她，这位灵感丰富、创造力非凡的女人，已经拟定好了自己的行动计划。但是这个计划还很草率，总的说来，还很粗略①，而且还只是朦胧地闪现在她的眼前。今后还会出现无数的枝节和各种难以预见的情况。但是玛丽雅·亚历克山德罗夫娜颇为自信：她不是因为害怕失败而焦急不安。满不是那么回事！她只是想尽快动手，尽快投入战斗。一想到延宕和耽搁，她就感到心急如焚。至于谈到延宕，请允许我们对这种想法稍加解释。玛丽雅·亚历克山德罗夫娜预感到和意料到的主要灾祸，是来自她的高贵的同乡们、莫尔达索夫的人们，而且多半是来自高贵的莫尔达索夫的女士们。她亲身体验到，她们对她怀有不共戴天的仇恨。譬如，她坚信这会儿在城里，或许人们已经知道了她的全部打算，尽管谁也没有对任何人谈过。可是根据不止一次的悲惨经验，她知道，任何事情，甚至她家里最机密的事，只要早上一发生，到了傍晚，市场上没有一个女贩、小铺里没有一个掌柜的会不知道。当然，玛丽雅·亚历克山德罗夫娜还只不过是预感到灾祸而已，只是这类预感从来没有欺骗过她。就是目前，她也没有受骗。毕竟，确实是出了岔子，而且她还蒙在鼓里。快到中午的时候，也就是在公爵到达莫尔达索夫整整三个钟头以后，一些奇怪的消息传遍了全城。这些消息打哪儿来的？——不知道，可是几乎霎时间就传开了。大家

---

① 原文为法语。

突然开始互相传说：玛丽雅·亚历克山德罗夫娜已经把自己的齐娜，她那没有嫁妆的二十三岁的齐娜，许给公爵了；莫兹格里亚科夫被撂在一边了，而且这一切都已经成了定局，并立了字据。这些消息的根据是什么呢？难道大家对玛丽雅·亚历克山德罗夫娜了解得这样深，一下子就猜透了隐藏在她内心深处的思想和念头？尽管这个消息不合乎一般的情理，因为这样的事情能够在一个钟头之内办妥是罕见的；尽管这个消息显然毫无根据，因为谁也不能探听出它是打哪儿来的，然而莫尔达索夫的人们还是深信不疑。消息越传越广，而且非常顽固地扎下根来。最使人感到惊奇的是：这个消息开始传播，恰好是在玛丽雅·亚历克山德罗夫娜刚开始跟齐娜正式谈这件事的时候。外省人的嗅觉竟是这样的灵敏！外省的报信者的嗅觉时常达到出奇的程度，自然，这总是有它的原因的。它是在最密切的、留心的和多年的互相揣摩的基础上建立起来的。每一个外省人都仿佛生活在玻璃罩下面。无论什么事情，想要瞒过自己可敬的同乡，都是绝对办不到的。人们对您了解得了如指掌，甚至知道连您本人都不知道的事情。看来，外省人就其天性来说，就应当是一个心理学家和善于揣摩人心的人。正是由于这个缘故，有时，当我在外省往往遇到不是心理学家和善于揣摩人心的人，而是非常之多的蠢驴的时候，我真是从内心里感到惊奇。然而这且搁在一边，这是白费心思。这消息是非同小可的。每个人都认为同公爵结婚是那样的有利，那样的优越，以至于这件事的奇特方面，并没有引起任何人的注意。我们还要指出一个情况：人们仇视齐娜几乎比仇视玛丽雅·亚历克山德罗夫娜还要厉害。至于为什么？——不知道。或许，齐娜长得美，是它的一部分原因。或许，还因为，对于所有的莫尔达索夫人来说，玛丽雅·亚历克山德罗夫娜不管怎样，毕竟还是自己人，一根藤上的瓜。要是她从这个城市消失，说不定人们会对她感到惋惜。她那一波未平、一波又起的趣事，使社交界变得很活跃。没有她，就会使人感到寂寞无聊。与此相反，齐娜的表现，却仿佛是生活在云端，而不是生活在莫尔达索夫。同她相比，这些人都显得有些不相称、不般配；也许，连她自己也没有注意到这一点：她在她们面前的态度高傲得令人难以容忍。忽然现在，就是这位声名狼藉的齐娜本人，这位目空一切的、傲慢的齐娜，要成为拥有百万财富的阔女人、公爵夫人，变成贵族。过上一两年，当她成为孀妇的时候，可能嫁给某位西欧的公爵，甚至可能嫁给某位将军；说不定，还会嫁给某位省长呢（而莫尔达索夫省长，偏巧是个鳏夫，而且对女性极其温存）。那时候，她将成为省里的第一夫人，不用说，单是这个想法就足以使人难以忍受了，而且从来没有任何消息能像齐娜嫁给公爵这个消息那样，在莫尔达索夫引起如此强烈的愤怒。霎时间，从四面八方响起了一片怒吼声。人们叫嚷道：这真是罪过，甚至真卑鄙；老头真是老糊涂了；利用老头神志不清，瞒哄他，欺骗他，敲诈他的钱财；应当把老头从凶残的魔爪中救出来；这简直是抢劫和不道德；再说，别人哪一点比齐娜差？而且别人也完全同样可以嫁给公爵。所有这些议论和叫嚷，在玛丽雅·亚历克山德罗夫娜还只不过是推测，而对她来说，这也就够了。她很清楚，所有的人，无一例外，将要施展一切可能的手段和甚至一切不可能的手段，来阻挠她的意图的实现。因为人们现在想使公爵属于大家所有，所以必须动用武力把他夺回来。最后，即使能够捉到公爵，把他引诱回来，也不可能用绳子永远把他拴住。而且谁能担保，也许在今天，也许就在两个钟头之后，整个莫尔达索夫城女士们的盛况空前的大合唱不会出现在她的沙龙里呢？何况她们会以那样的借口，使你连拒绝都不可能。你若是挡驾，那她们就会从窗口跳进来：这种情况听上去是不可能的，然而在莫尔达索夫是屡见不鲜的。总而言之，一小时也不能浪费，一点时间也不能浪费，何况事情还没有开始呢！突然，在玛丽雅·亚历克山德罗夫娜的脑海里闪现出一个绝妙的主意，而且转瞬间已经成熟。关于这个新主意，我们不会忘记在适当的地方谈到它。我们暂且还是来说一说，此刻，我们的女主人公威严而充满灵感，正沿着莫尔达索夫街道在飞驰。为了把公爵夺回来，假如需要的话，她甚至决心投入一场真正的战斗。她暂时还不清楚，这件事应该怎样去做，在哪里能够遇见他；然而她坚定不移，宁可让整个莫尔达索夫塌陷到地下去，也不能让她目前的计划哪怕有一丝一毫的落空。

第一步极其圆满地成功了。她在街上及时截住了公爵，并把他拉回家里去吃午饭。假如有人要问：对手们那样诡计多端，她有什么神通竟能得手，并使安娜·尼古拉耶夫娜大受愚弄？那我必须声明，我认为这样的问题对于玛丽雅·亚历克山德罗夫娜来说甚至是很屈辱的。她怎么会战胜不了那么个安娜·尼古拉耶夫娜·安季波娃呢？公爵已经驶近她的对手的家门口，玛丽雅·亚历克山德罗夫娜不顾一切，同时也不顾害怕出丑的莫兹格里亚科夫本人提出的理由，简直是逮捕了公爵，让老头换乘自己的马车。玛丽雅·亚历克山德罗夫娜和她的对手们不同之处就在于，到了决定性关头，她会以"成功会证明一切都是正确的"为信条，甚至面临出丑的危险，也毫不犹豫。自然，公爵并没有做多大的反抗，而且照他的老习惯，很快就忘记了一切，并且感到十分满意。在吃午饭的时候，他喋喋不休，兴致勃勃，说着俏皮话、双关语，讲着笑话，然而这些笑话不是没有说完，就是从这一个跳到那一个，而他自己并没有觉察到这一点。在纳塔丽雅·德米特利耶夫娜家里，他喝了三杯香槟酒。在吃午饭的时候，他又喝了一些，终于弄得头昏脑胀。就在这时，玛丽雅·亚历克山德罗夫娜还老是不断地亲自替他斟酒。午饭是十分讲究的，恶棍尼基特卡并没有做坏。女主人以极其殷勤周到的招待想使大家活跃起来。然而其余在场的人，好像故意似的，显得异常沉闷。齐娜不知怎么的，显得那样庄严肃穆。莫兹格里亚科夫显然心情不佳，吃得很少。他在想着什么，因为他很少有这种情形，所以玛丽雅·亚历克山德罗夫娜特别不安。纳斯塔霞·彼特罗夫娜阴郁地坐在一旁，甚至偷偷地向莫兹格里亚科夫做着某些奇怪的手势，而他丝毫没有察觉。若是没有殷勤备至的女主人，午饭就会变得像出殡一样。

然而这时玛丽雅·亚历克山德罗夫娜的心情也有说不出的忐忑不安。单是齐娜的愁眉苦脸和哭红了的眼睛，就把她吓得够呛，何况还有别的困难。应该快点，抓紧时间，可是这个"该死的莫兹格里亚科夫"就像个无忧无虑的木偶似的安然地坐在那里，真碍事！而这种事，说实在的，无论如何也不能当着他的面来开始啊！玛丽雅·亚历克山德罗夫娜焦急不安地从桌旁站了起来。大家刚离席，莫兹格里亚科夫就亲自走到她跟前，而且突然完全出人意料地声称，他（自然，非常遗憾）必须马上动身，这时候，假如可以这样形容的话，玛丽雅·亚历克山德罗夫娜是多么的惊讶，简直是又惊又喜！

"您这是要上哪儿去呀?"玛丽雅·亚历克山德罗夫娜异常关心地问道。

"您瞧，玛丽雅·亚历克山德罗夫娜，"莫兹格里亚科夫不安地、甚至有些颠三倒四地开口说道，"我碰上了一件天大的奇事。我简直不知道该怎样对您说……请您千万给我出个主意吧！"

"什么事？怎么回事？"

"我的教父鲍罗杜耶夫，您是知道的，那个商人……今天碰见了我。老头子非常生气，责怪我，说我架子大起来了。我已经是第三次来莫尔达索夫了，可是从来也没有到他家去打过照面。他说：'今天到我家来喝茶吧。'现在已经四点整了，而他是照老规矩，只要一醒来，四点多钟就要喝茶的。我该怎么办呢？玛丽雅·亚历克山德罗夫娜，我知道，我这样走是很不礼貌的，可是请您想想看！当我那去世的父亲输掉了公款的时候，是他救了我父亲的命。就是因为这件事，他便成了我的教父。假若我同齐娜伊达·阿法纳西耶夫娜结婚，我毕竟只有一百五十个农奴。可是他手里有一百万，有人说，还不止这个数呢。无儿无女。如果博得他的欢心，根据遗嘱能给我留下十万。七十岁了，您想想看！"

"哎呀，我的天哪！您这是怎么啦！干吗还这么磨蹭？"玛丽雅·亚历克山德罗夫娜喊道，几乎掩饰不住内心的高兴，"去吧，快去吧！这可不是闹着玩的。怪不得在吃饭的时候，我看见您是那样的愁眉苦脸！去吧，我的朋友，快去吧！您今天一大早就该去拜访，表明您重视、珍惜他的慈爱！哎呀，年轻人哪，年轻人！"

"玛丽雅·亚历克山德罗夫娜，可是您亲口，"莫兹格里亚科夫惊愕地喊道，"您亲口为这种结交攻击过我！难道不是您说的？他是个大老粗、大胡子，他同下流酒馆、窖藏工人以及代理人来往密切……"

"唉，我的朋友！我们失言的地方多着呢！我也可能出错，我又不是圣人。不过，我不记得了，但是我兴许有过这样的情绪……而且，您那时候还没有向齐诺琪卡求婚呢……当然，从我这方面来讲，是自私，然而现在我不能不从另一个观点来看问题，而且，有哪一个做母亲的在这种情况下能够责备我呢？去吧，一分钟也别耽搁！甚至晚上也在他那儿坐坐……还有，您听着！顺便提一提我。就说我对他很尊敬、很爱戴、很景仰，可是得机灵点，妥当点！哎呀，我的天哪！我竟然会忘记了这一点！我本该想到亲自提醒您的！"

"玛丽雅·亚历克山德罗夫娜，您使我复活了！"满心欢喜的莫兹格里亚科夫喊道，"现在，我发誓，我将一切听从您的！要不然，我简直不敢提！……好啦，再见吧，我走啦！替我向齐娜伊达·阿法纳西耶夫娜表示歉意。不过，我一定要回到这儿来的……"

"我祝福您，我的朋友！请留意，关于我，同他聊上几句！他是一位真正非常可爱的小老头。我对他的看法早就改变了……其实，我从来就喜欢他那种古老的、俄罗斯的、毫不做作的一切……再见，我的朋友，再见！"

"鬼把他给领走了，这多么好啊！不，这是老天爷亲自在帮忙!"她想着,高兴得喘不过气来。

巴维尔·亚历克山德罗维奇来到前厅,已经穿上皮大衣,突然,纳斯塔霞·彼特罗夫娜不知从哪儿钻了出来。她在等候他。

"您上哪儿去?"她抓住他的手,说道。

"上鲍罗杜耶夫那儿去,纳斯塔霞·彼特罗夫娜!我的教父,他曾经荣幸地给我举行过洗礼……一个有钱的老人,会给我留点什么,应当巴结巴结!……"

巴维尔·亚历克山德罗维奇心情极其愉快。

"上鲍罗杜耶夫那儿去!好吧,那您可就要同未婚妻分手啦。"纳斯塔霞·彼特罗夫娜尖酸地说道。

"您说的'分手'是怎么回事?"

"就是这么回事!您以为她已经是您的了?可是您瞧,人家想把她嫁给公爵呢。我亲耳听见的!"

"嫁给公爵?您饶了我吧,纳斯塔霞·彼特罗夫娜!"

"干吗要饶了您呢?要不,您亲自去瞧一瞧、听一听好不好?您扔下大衣,到这儿来!"

大为吃惊的巴维尔·亚历克山德罗维奇扔下大衣,踮着脚,跟着纳斯塔霞·彼特罗夫娜走去。她把他领到早上她曾在那里偷看和偷听过的那间小贮藏室里。

"可是这究竟是怎么回事,纳斯塔霞·彼特罗夫娜,我简直一点也不明白!……"

"您弯下腰,听一听,就会明白的。大概,好戏马上就要开场了。"

"什么好戏？"

"嘘！别大声嚷嚷！好就好在人家简直是在愚弄您。不久前，您同公爵刚刚出去，玛丽雅·亚历克山德罗夫娜就用了整整一个钟头劝说齐娜嫁给这位公爵。她说，再也没有比欺骗他、强迫他结婚更容易的事了，而且她想出的那些花招，简直叫我恶心。我全都打这儿听见了。齐娜同意了。她们俩怎样在骂您啊！简直把您当傻瓜，而齐娜直截了当地说，无论如何也不嫁给您。我真是个傻瓜！还想戴上一朵红色的花结呢！您听听吧，听一听吧！"

"果真是这样的话，那可真是狡猾到极点啦！"巴维尔·亚历克山德罗维奇直眉瞪眼地盯着纳斯塔霞·彼特罗夫娜，低声说道。

"您就听吧，还会有别的呢。"

"可是在哪儿听呢？"

"您弯下身去，往这个窟窿眼里……"

"可是，纳斯塔霞·彼特罗夫娜，我……我不会偷听。"

"嗨！还顾得了那些！我的老爷子，这时候还讲什么面子；既然来了，那就听吧！"

"可是，然而……"

"既然不会，那您就上当受骗吧！我怜惜您，可您倒装腔作势！这与我有什么相干！我这又不是为了自己。等不到晚上，我也不再待在这里了！"

巴维尔·亚历克山德罗维奇勉勉强强地朝着窟窿眼弯下腰去。他的心怦怦直跳，太阳穴也在震动。他几乎不明白发生了什么事。

八

"公爵，这么说，您在纳塔丽雅·德米特利耶夫娜那儿玩得挺愉快的喽？"玛丽雅·亚历克山德罗夫娜问道，她以野心勃勃的目光扫视着即将来临的一场大战的战场，并想以最天真的方式来开场。她的心由于激动和期待而跳动。

午饭后，公爵立刻被领进早晨接待他的那间"沙龙"。在玛丽雅·亚历克山德罗夫娜家里，一切盛会和应酬都在这间沙龙里举行。她以这个房间而自豪。老头子六杯酒入肚，感到有些全身懒洋洋的，站立不稳，可是还在没完没了地絮絮叨叨。他的这股絮叨劲儿甚至越发厉害了。玛丽雅·亚历克山德罗夫娜明白，这种兴奋是极其短暂的，浑身变得没劲的客人很快就会想要睡觉。必须抓住时机。她环视了一下战场，很高兴地发现，这个老色迷正那样垂涎三尺地打量着齐娜，于是她那颗母亲的心高兴得简直颤抖起来了。

"非……常……愉快，"公爵回答道，"而且，您知道吧，一位再好……不……过的女人，纳塔丽雅·德米特利耶夫娜，一位再好不过的女人！"

尽管玛丽雅·亚历克山德罗夫娜忙于自己的伟大计划，但是他对敌手这样响亮的称赞仍然感到深深地刺痛了她的心。

"得了吧，公爵！"她目光炯炯地喊道，"如果说您的纳塔丽雅·德米特利耶夫娜是一位再好不过的女人，那我可真不知道该说什么好啦！可是您若这样说的话，那您可一点也不了解这里的社会，一点也不了解！而这只不过是它的空前的优点、它的高尚感情的一种展览、一出喜剧、一个金色的外壳。揭开这层外壳，您就会看见在鲜花掩盖下的整个地狱、整个强盗窝；在那里，他们会把你吃掉，连一小块骨头都不剩！"

"真的吗？"公爵惊叹道，"真叫我吃惊！"

"然而，这一点我敢向您担保！啊，我的公爵。齐娜，你听着，我应当，我有责任向公爵谈一谈上周这个纳塔丽雅所干的那桩可笑而又卑鄙的事情——你还记得吧？是的，公爵，这里谈的正是您那样赞美、那样称道的纳塔丽雅·德米特利耶夫娜。啊，我最亲爱的公爵！我担保，我不是一个爱搬弄是非的女人！可是我一定得谈一谈这件事，唯一的目的只是为了给您逗乐，为了用一个活样品——这么说吧，通过放大镜让您看到这里都是些什么样的人。两周前，这位纳塔丽雅·德米特利耶夫娜来到我家。家里端上了咖啡，而我为了点什么事出去了一趟。我记得很清楚，我的银糖罐里有多少块糖：糖罐是满满的。等我回来一看，罐底只有三小块了。屋里除了纳塔丽雅·德米特利耶夫娜，没有别人。什么样的人哪！她有自己的石头房子，钱多得数不清！这事真可笑、真滑稽，可是请您就这件事判断一下这里社会的高尚行为吧！"

"竟——然——这样！"公爵着实惊奇地感叹道，"可是这种贪心也未免太古怪了！当真是她一人全给吃掉的吗？"

"公爵，您瞧，她就是这样一位再好不过的女人！您怎么能够喜欢这种可耻的事情呢？要是我的话，只要一有干这种坏事的念头，我马上就会羞死！"

"是啊，是……可是，您听我说……她毕竟是那样一位美丽丰满的女人 ①……"

"纳塔丽雅·德米特利耶夫娜吗？得了吧，公爵，她只不过是一只小木桶！唉，公爵呀，公爵！您竟能说出这样的话！我估计您的欣赏力要高得多呢……"

"是啊，一只小木桶……可是，您听我说，她的体态是那样的好……呵！还有那个小姑娘，那个跳——舞的，她的……体——态——也……"

"是索涅琪卡吧？可她还是个孩子，公爵！她才十四岁！"

"是啊……可是，您听我说，那样的灵活，而且她还

---

① 原文为法语。

有……那样的体态……发育得挺好。挺可爱——的！还有那一个，同她一块儿跳——舞——的，也……发育得挺好……"

"哎呀，她是个不幸的孤儿，公爵！他们时常把她雇来。"

"孤——儿。不过，样子是挺脏的，至少该把手洗干净……而且，不过，也挺迷——人——的……"

公爵一面说着，一面越来越贪婪地举起长柄眼镜端详着齐娜。

"可是多么迷人的人儿啊！①"他喃喃地说道，高兴得浑身酥软。

"齐娜，给我们演奏点什么吧，啊不，最好还是唱首歌吧！公爵，她唱得多么动听啊！她可以说是一位音乐能手，名副其实的音乐能手！"玛丽雅·亚历克山德罗夫娜小声地继续说道，这时齐娜以轻盈从容的步态向钢琴走去，这步态几乎使可怜的老头儿倾倒，"您可不知道，公爵，您可不知道，她是一个多么好的女儿啊！她多么会心疼人，对我多么温柔啊！多么富于感情，多么心地善良啊！"

"是啊……感情……而且，您听我说，她长得那样漂亮，在我的一生中，只知道有一个女人可以和她媲美，"公爵馋涎欲滴地插嘴说，"那就是已故的纳英斯卡娅伯爵

---

① 原文为法语。

夫人，三十年前死的。一位非——常——漂亮的女人，无——法——形容的漂亮，后来又嫁给了自己的厨师……"

"公爵，嫁给自己的厨师？"

"是啊，自己的厨师……一个法国人，在国外。她在国外替他搞到了一个伯爵头衔。一位仪表堂堂，很有学问的人，留着那样的小——胡——子。"

"公爵，那……他们的生活过得怎么样？"

"是啊，他们生活得很好。不过，他们不久就分手了。他抢光了她的一切就跑了。为了一点酱油吵了一架……"

"妈妈，我演奏什么呢？"齐娜问道。

"你还是给我们唱一首歌吧，齐娜。公爵，她唱得多好啊！您喜欢音乐吗？"

"是的！迷人，迷人！我很喜——欢——音乐。我在国外的时候，同贝多芬认识。"

"同贝多芬！齐娜，你想想看，公爵认识贝多芬呢！"玛丽雅·亚历克山德罗夫娜非常高兴地喊道，"哎呀，公爵！您真的同贝多芬认识？"

"是啊……我和他很亲密。他的鼻子上老是有鼻烟。挺可笑的。"

"贝多芬？"

"是啊，贝多芬。不过，也许，这不是贝多芬，而是另外一个德国人。那儿有很多德——国人……不过，我，似乎，弄——错——了。"

"妈妈，我唱什么呀？"齐娜问道。

"哦，齐娜！就唱那一首抒情歌曲，你还记得吧，里边有许多骑士精神，里边还有一位城堡的女领主和她的抒情诗人……哎呀，公爵！我是多么喜欢所有这些骑士精神啊！这些城堡啊，城堡！这种中世纪生活！这些抒情诗人、传令官、骑士比武……齐娜，我给你伴奏。公爵，坐到这儿来，靠近一点！哎呀，这些城堡啊，城堡！"

"是啊……城堡。我也喜欢城——堡，"公爵非常高兴地喃喃说道，用他那只独眼盯着齐娜，"可是……我的天哪！"他感叹道，"这首歌曲！……可是……我知道这首歌——曲！我早就听过这首歌曲……它使我那样地回——忆——起……啊，我的天哪！"

我不来描述齐娜开始唱歌以后公爵的心情。她唱的是一首古老的法国抒情歌曲，一首曾经风靡一时的歌曲。齐娜唱得非常出色。她那纯正的、嘹亮的女中音真是扣人心弦。她那秀丽的脸庞、美妙的眼睛，她那翻动着乐谱的动人的纤指，她那乌黑发亮的浓发、起伏的胸脯，她那整个骄傲的、美妙的、高雅的体态——所有这些彻底地迷住了这个可怜的老头儿。当齐娜唱歌的时候，他目不转睛地瞅着她，激动得喘不过气来。他那颗被香槟酒、音乐和复活了的回忆（而谁能没有珍贵的回忆呢）烧得暖洋洋的老年人的心，跳动得越来越厉害，这颗心好久没有像这样跳动过了……当她唱完的时候，他几乎就要跪到齐娜的面前，差一点要哭了。

"啊，我迷人的孩子!"他吻着她的手指，喊叫起来，"您使我心醉! ① 我这会儿，这会儿只是想起……可是……可是……啊，我迷人的孩子……"

公爵简直说不下去了。

玛丽雅·亚历克山德罗夫娜感到时机已经成熟。

"公爵，您干吗要毁掉自己呢?"她庄重地感叹道，"感情那样丰富，精力那样充沛，精神财富那样雄厚，却终生把自己幽禁起来! 逃避人们，躲开朋友! 然而这是不可饶恕的! 回心转意吧，公爵! 这么说吧，用明亮的眼睛来看待生活吧! 唤醒自己内心里的那些往事的回忆——您那美好的青春、黄金般的无忧无虑的时日的回忆，让它们复活，使它们再生吧! 重新开始生活在人世间吧! 到国外去，到意大利、西班牙去——到西班牙去，公爵! ……您需要引导者，需要一颗热爱您、尊敬您、同情您的心，对吗? 可是您有朋友啊! 召唤他们，呼叫他们，他们就会成群地跑来! 我将第一个抛弃一切，回应您的召唤奔来。公爵，我怀念着我们的友情;我将抛弃丈夫而追随您……而且甚至，假如我能再年轻些，假如我能像我的女儿那样美好、漂亮，那我就要做您的伴侣、朋友、您的妻子，如果您愿意的话!"

---

① 原文为法语。

“我相信，想——当年您是一位迷人的人儿①。”公爵往手帕里擤着鼻涕说道。泪水浸湿了他的眼睛。

“公爵，我们活着只是为我们的孩子，”玛丽雅·亚历克山德罗夫娜以高尚的感情回答道，“我也有自己热爱的保护人！这就是她，我的女儿，我的思想，我的心灵的朋友，公爵！她舍不得离开我，已经拒绝过七次求婚。”

“这么说，您若陪——伴——我到国外去，她将同您一道去？如果这样，我一定到国外去！”公爵兴奋地叫起来，“一——定——去！假如我能得到……荣幸，那我太高兴啦！她真是一个非常迷人的、迷——人——的孩子！啊，我迷人的孩子！……”于是公爵又开始吻起她的手来。他，这个可怜的人，真想跪倒在她的面前。

“可是……可是，公爵，您说，您能不能得到荣幸？”玛丽雅·亚历克山德罗夫娜感到又有一股想要大发议论的热潮涌上心头，于是接过话茬说，“可是您真叫人奇怪啊，公爵！难道您以为自己已经不值得女人垂青了吗？青春并不就是美。您不要忘记，您，可以这么说，是贵族阶级的遗胄！您是最细致的、最富有骑士感情和……风度的代表！难道玛莉亚不是爱上了马杰帕老头吗？我记得，我曾经读到过，洛江②，这位路易……（我忘记是第几了）宫廷的迷人的侯爵，已经到了晚年，已经是个老头了，却赢

---

① 原文为法语。

② 洛江，法国路易十四王朝的一个大臣，宫廷风流人物。

得了一位第一流宫廷美女的欢心！……而且谁向您说过您是老头了？谁教您这么想的？难道像您这样的人会老吗？您有那样丰富的感情、思想、欢乐、机智、活力和优美的风度！还会老吗？现在您随便在哪儿——在国外，在温泉，带着年轻的妻子，带着，比方说，像我的齐娜这样的美人（我不是在说她，我只是打个比方）一露面，那您将看到，影响是多么的巨大啊！您是贵族的遗胄，她是最美的美人！您很神气地挽着她，她在豪华的交际场合唱歌，而您却谈笑风生，全温泉的人都会跑来看你们！整个欧洲都会轰动起来，因为温泉地方的所有报纸、所有小品文都将不约而同地谈论起来……公爵啊，公爵！而您却在说什么，您能不能得到荣幸？"

"小品文……是啊，是啊！……登在报纸上……"公爵喃喃地说道，对玛丽雅·亚历克山德罗夫娜的饶舌似懂非懂，而且越来越感到浑身没劲，"可是……我的孩——子，如果您不感到疲倦，请您把刚唱过的那首歌再来一遍！"

"哎呀，公爵！可是她还有别的歌曲，更精彩的歌曲呢……公爵，您还记得《燕子》①吗？您大概听过吧？"

"是的，记得……或者，不如说，我忘——记了。不，不，还要原来的那首歌，就是她刚才唱的那首！我不要《燕子》！我要那首抒情歌曲……"公爵说道，像孩子般地

---

① 原文为法语。

恳求着。

齐娜又唱了一遍。公爵不能自持了，终于跪倒在她的面前。他在哭泣。

"啊，我美丽的主宰！①"他用自己那由于年迈和激动而发颤的声音赞叹道。"啊，我迷人的主宰！②啊，我可爱的孩子！您使我忆——起——了那么多……久远的往事……我那时把什么事情都想得那样美满，比后来实际发生的要美满得多。我那时同子爵夫人……唱二重唱……唱的正是这首歌……可是现在……我不知道，现在已经……"

公爵气喘吁吁、上气不接下气地说出整个这段话来。他的舌头显然麻木了。有些词几乎完全无法分辨。只有一点是十分明显的，那就是他感动到了极点。玛丽雅·亚历克山德罗夫娜立刻火上浇油。

"公爵！可是您，好像是，爱上了我的齐娜！"她感到时机已到，于是大叫起来。

公爵的回答超出了她最好的想望。

"我疯狂地爱上了她！"老头儿突然大为振奋，喊叫起来，他依旧跪着，而且激动得全身哆嗦。"我要把生命献给她！而且假如我只要能够有希——望……可是请扶起我来，我有一点儿——发软……我……假如只要能够有希望向她求婚，那……我……她就能每天给我唱歌，而我就可以老

_____
①② 原文为法语。

是瞧着她……老是瞧着……哎呀，我的天哪！"

"公爵呀，公爵！您在向她求婚！您想把她、我的齐娜，我亲爱的，我的宝贝儿齐娜，从我身边要走！可是我不放你，齐娜！让他们从我的手里，从母亲的手里抢走吧！"玛丽雅·亚历克山德罗夫娜扑向女儿，紧紧地把她搂在怀里，尽管感觉到，她受到相当强烈的抗拒……妈妈做得有些过火了，齐娜深深地感到这一点，而且极其厌恶地瞧着整个这出喜剧。可是她没有作声，而这正是玛丽雅·亚历克山德罗夫娜所需要的。

"她九次拒绝了，就是为了不想和自己的母亲分离！"她喊道，"可是现在，我的心预感到别离。刚才我就瞅出来了，她是那样地瞧着您……公爵，您以您那贵族风度，您那雅致情趣打动了她！……啊！您要拆散我们，我预感到了这一点！……"

"我热——爱——她！"公爵含糊不清地嘟哝了一句，身子依然像白杨树叶一样在颤抖着。

"那么，你要撇下自己的母亲了！"玛丽雅·亚历克山德罗夫娜高叫了一声，再次扑向女儿的脖子。

齐娜急于要结束这种难受的场面。她默默地向公爵伸出了自己那只很秀气的小手，甚至还勉强地露出一丝微笑。公爵虔敬地接住这只小手，热吻了一阵。

"我只是现在才开——始——生活。"公爵高兴得上气不接下气，喃喃地说道。

“齐娜！”玛丽雅·亚历克山德罗夫娜庄严地说道，“瞧瞧这个人吧！他是我所认识的一切人当中最诚实、最高尚的人！他是中世纪的骑士！可是她懂得这一点，公爵；真叫我伤心，她懂得……啊！您干吗要来到这儿？我把我的宝贝、我的天使交给您。公爵，您要爱护她！母亲在恳求您，有哪一个做母亲的能因我的悲伤而责备我呢？”

“妈妈，够了！”齐娜低声说道。

“公爵，您能保护她，使她不受欺负吗？遇到诽谤者或者胆敢欺负我的齐娜的无礼之辈，您能拔剑相对吗？”

“妈妈，够了，要不我就……”

“是啊，拔剑……”公爵喃喃地说道，“我只是现在才开始生活……我希望马上，立刻举行婚礼……我……我想马上就派人到杜——哈——诺——沃去。那儿我有好些钻——石。我想把它们摆——在她的脚一下……”

“多么热情！多么令人高兴！多么高贵的感情啊！”玛丽雅·亚历克山德罗夫娜叫喊道，“而您竟能，公爵，您竟能远离尘世，这样毁掉自己吗？这话我要说一千遍！只要我一想起这个妖……我就气得发疯。”

“我又有什么法子呢，我那样地害怕！”公爵呜咽地、情不自胜地嘟哝着，“他们想——把我送进疯——人——院……于是我吓坏了。”

“送进疯人院！哼，恶棍们！哼，没有人性的家伙们！

哼，多么卑鄙阴险啊！公爵，这事我听说过！这些家伙才是在发疯呢！可是为什么，为什么?!"

"连我自己也不知道为什么！"老头儿回答道，因为软弱无力而瘫坐到椅子上，"您听我说，我在一次舞——会上，讲——了——那么一个笑话，而他们不——喜——欢。于是就惹出这场乱子来！"

"公爵，难道就是因为这么点小事吗?"

"不。我后——来还玩牌来着，同彼得·捷明——齐伊——奇公爵，我缺——张六。我手里有两——张K和三张Q……或者，不如说，三张Q和两——张K……不对！是一张K！后来才有了Q……"

"还因为这个？因为这个！哼，太没有人性了！公爵，您在哭泣！然而现在再也不会有这种事了！现在我会在您的身边，我的公爵；我将不离开齐娜，咱们瞧着吧，看他们敢吭一声！……而且，公爵，您的结婚甚至会使他们震惊。这桩婚事会使他们感到羞愧！他们将看到，您还能……也就是说，他们会明白，这样的美女绝不会嫁给一个疯子！现在您可以骄傲地抬起头来。您可以大胆地正视他们……"

"是啊，我可以大胆——地正视他们。"公爵合着眼嘟哝了一句。

"可是他一点精神也没有了，"玛丽雅·亚历克山德罗夫娜想道，"纯粹是白费口舌！"

"公爵，我看得出来，您太激动了；您一定得平静下来，在这样的激动之后稍微休息一下。"她说着，慈母般地向他俯下身去。

"是啊，我是想稍——微躺——一会——儿。"他说道。

"对，对！安心吧，公爵！这样激动……别忙，我亲自陪您去……如果需要的话，我亲自扶您躺下。公爵，您干吗那样瞧着这张画像？这是我母亲的像，她是一位天使，而不是女人！啊，为什么她现在不在我们中间呢！她是一位品行端正的人，公爵，品行端正的人！——我不能称呼她别的！"

"品——行——端——正——的人？这很好①……我也有个母亲……女公爵②……而且，您想想看，一个非——常——胖的女人……不过，我不是想说这个来着……我有——一——点发软。别了，我迷人的孩子……我挺——高兴……我今天……明天……嗯，反正——一样！再见，再见！"在这个当儿他想摆——摆手，可是滑了一下，差一点没摔倒在门槛上。

"小心点，公爵！扶着我的手。"玛丽雅·亚历克山德罗夫娜喊道。

"迷人，迷人！"在离去的时候，他喃喃地说道，"我现在才开——始——生活……"

---

① ② 原文为法语。

剩下齐娜一个人了。她的心情说不出的沉重。她厌恶得要恶心。她简直要蔑视自己。面颊在发烧。她紧握拳头，咬紧牙关，垂着头，一动也不动地伫立在那里。羞耻的眼泪夺眶而出……在这个当儿，门开了，莫兹格里亚科夫冲进屋来。

九

他全都听见了，全都听见了！

他几乎不是走进来，而是冲进来的，由于激动和愤怒脸色刷白。齐娜惊讶地望着他。

"您原来是这样啊！"他气呼呼地嚷起来，"我终于了解您是个什么样的人了！"

"我是个什么样的人！"齐娜重复道，像瞧着一个疯子似的瞧着他，她的眼睛突然闪出愤怒的光芒，"您怎么敢这样跟我说话！"她大声叫道，而且步步向他逼近。

"我全都听见了！"莫兹格里亚科夫扬扬得意地又说了一遍，可是不知怎么的，不由自主地向后退了一步。

"您听见了？您在偷听？"齐娜轻蔑地瞪着他，说道。

"是的！我在偷听！是的，我横下心来干下流勾当，可是我认清了，您是最……我简直不知道该怎么说才能向您说清楚……您现在成了一个什么样的人！"他回答道，可是在齐娜的逼视下，他变得越来越怯懦。

"即便您听见了，您又能指摘我什么？您有什么权利指摘我？您有什么权利这样无礼地同我说话？"

"我？我有什么权利？您竟能问这个？您要嫁给公爵，而我却没有任何权利！……可是您答应过我，就是这么回事！"

"什么时候？"

"怎么什么时候？"

"可是就在今天早上，当您纠缠我的时候，我还坚决地回答道，我不能做出任何肯定的答复。"

"然而您并没有撵走我，您并没有完全拒绝我呀，这就是说，您把我留作备用品！这就是说，您在诱骗我。"

仿佛由于剧烈的、刺心的内心的疼痛，在愠怒的齐娜的脸上显露出痛苦的感觉；可是她抑制住了自己的感情。

"如果说我没有撵您，"她明确地、从容不迫地回答道，虽然她的声音隐隐有些颤抖，"那只不过是由于怜悯。您亲自恳求我缓一缓，不要向您说'不'字，而要进一步了解您，而且您说：'到那时，当您确信我是一个高尚的人的时候，您也许就不会拒绝我了。'这是您在一开始追求我的时候亲口说的话。这些话您是抵赖不掉的！您现在竟敢对我说，我在诱骗您。可是今天（比您答应的时间提前了两周），当我同您见面时，您亲眼看到我的反感，而且我在您的面前，不但没有隐瞒这种反感，反而把它表露出来。这是您自己察觉的，因为您亲口问我，我是否因为您的提前到来而在生气？要知道，对于一个在他面前人们不能、也不愿意隐瞒自己对他的反感的人，人们是不会去诱骗他的。

您竟敢说出，我把您当作备用品。对此我要奉告您，我过去是这样评价您的：'如果说他并不聪明，不太聪明，然而毕竟可能是一个善良的人，因此还是可以嫁给他。'可是现在我很幸运，我确信，您是一个笨蛋，而且还是一个凶恶的笨蛋。我没有什么可说的了，只是祝您十分幸福和一路平安。再见！"

齐娜说完这话以后，背转身去，缓步走出房间。

莫兹格里亚科夫猜想到，一切都完蛋了，于是狂怒起来。

"哈！我居然是个笨蛋，"他叫嚷道，"我现在居然成了笨蛋！好吧！再见吧！可是在我走以前，我要告诉全城，您同您的妈妈怎样把公爵灌醉，然后欺骗了他！我要告诉所有的人！让您知道知道我莫兹格里亚科夫的厉害。"

齐娜抖动了一下，停下脚步，想回敬几句，然而稍加思索，只是轻蔑地耸了耸肩，随手关上了门。

就在这个时刻，门口出现了玛丽雅·亚历克山德罗夫娜。她听到莫兹格里亚科夫的叫嚷声，立刻就猜到了是怎么回事，并且吓了一跳。莫兹格里亚科夫还没有走，莫兹格里亚科夫还在公爵身边，莫兹格里亚科夫将会嚷得满城皆知；然而必须保守秘密，哪怕时间再短也行！玛丽雅·亚历克山德罗夫娜有自己的打算。她眨眼间考虑了全部情况，于是稳住莫兹格里亚科夫的计划就已经成熟。

"您怎么啦，我的朋友？"她朝着他走了过来，友好地向他伸出自己的手，说道。

"还叫什么：我的朋友！"他狂吼道，"在你们干了这种勾当之后，还要叫：我的朋友。早上好，仁慈的夫人！您还想再蒙骗我吗？"

"看到您的情绪这样怪，我感到遗憾，很遗憾，巴维尔·亚历克山德罗维奇。这是什么话！您竟然能在一位夫人面前说出这种话来！"

"在一位夫人面前！您……您随便怎么称呼自己都行，可就是不能叫夫人！"莫兹格里亚科夫嚷嚷着。我不知道他想用自己的叫嚷表示什么，然而，大概是些非常难听的话。

玛丽雅·亚历克山德罗夫娜温和地瞧着他的脸。

"请坐！"她指着一刻钟以前公爵曾经歇息过的那把椅子，忧郁地说道。

"可是您听我说，玛丽雅·亚历克山德罗夫娜！"莫兹格里亚科夫迷惑不解地叫道，"您那样瞧着我，好像您一点错也没有，反而好像是我在您面前有什么过错似的！可这是不行的！……这种腔调！……这毕竟是人所不能忍受的……这您知道吗？"

"我的朋友！"玛丽雅·亚历克山德罗夫娜回答道，"请允许我仍旧这样称呼您，因为您没有比我再好的朋友了。我的朋友！您难受，您痛苦，您心灵深处受了创伤——因而您用这种腔调同我说话，这并不奇怪。然而我决意要对您推心置腹、以诚相见；甚至，我本人感到自己在您面前是有些过错的。坐下来，谈一谈吧。"

玛丽雅·亚历克山德罗夫娜的语气非常温和。

她的脸上显露出痛苦。莫兹格里亚科夫困惑不解地坐到她身旁的一把椅子里。

"您偷听了？"她用责备的目光瞧着他的脸，继续说道。

"是的，我偷听了！当然偷听了，要不我就成了傻子了！至少我知道了你们在对我耍什么花招。"莫兹格里亚科夫怒火上升，情绪激昂，粗暴地回答道。

"可是您，您，一个有教养的、懂得礼貌的人，怎么竟能干这种事呢？唉，我的天哪！"

莫兹格里亚科夫简直从椅子上跳了起来。

"可是，玛丽雅·亚历克山德罗夫娜！"他吵嚷道，"这种话怎么能叫人听得下去啊！您还是先想一想，像您这样懂得礼貌的人干的是什么事，然后再来责备别人吧！"

"还有一个问题，"她并不回答他的问题，说道，"谁给您出的点子让您偷听的，谁讲的，谁在那儿暗中探听的？——这就是我想要知道的。"

"十分抱歉，这我不能说。"

"好吧。我自己去了解。保尔，我说过，我在您面前是有过错的。可是假如您把一切、把全部情况分析一下，通盘考虑一下，那您就会看出，如果说我有过错的话，那完全在于我想使您得到尽可能多的好处。"

"使我？得到好处？这可要不得！老实说，您再也骗不了人啦！我可不是三岁的孩子！"

接着他在椅子里猛一转身，把椅子弄得吱吱响。

"我的朋友，假如可能的话，请您放冷静点。请您仔细听完我的话，您自己就会完全同意的。第一，我本想立刻向您说明全部情况，那您就会从我这儿了解到整个事情的详情细节，犯不着去干那偷听的事了。我之所以没有事先、先前同您讲清楚，唯一的原因是，整个事情还只是一种设想，也可能不会实现。您瞧，我对您毫无隐瞒。第二，不要怪罪我的女儿。她是那样地热爱着您，以至于我费了好大的劲才使她离开您，使她同意接受公爵的求婚。"

"我刚才已荣幸地听到这种热爱的最充分的证明。"莫兹格里亚科夫讽刺地说道。

"好吧。那您又是怎样同她说话的呢？难道一个钟情的人应当这样说话吗？而且，一个具有良好风度的人能够这样说话吗？您侮辱和激怒了她。"

"哼，现在可顾不上什么风度不风度了，玛丽雅·亚历克山德罗夫娜！不久前，你们俩对我做出那样甜蜜的笑脸，可是我和公爵刚走，你们就骂起我来了！你们给我抹黑——这就是我要向您说的！我全都知道，全都知道！"

"而这大概也是出于那同一个肮脏的来源吧？"玛丽雅·亚历克山德罗夫娜轻蔑地微笑着，说道，"是的，巴维尔·亚历克山德罗维奇，我给您抹黑了，我说了您许多坏话，而且，老实说，费了不少的劲。可是单单这一点——

我迫不得已在她面前给您抹黑，也许，甚至诽谤您——单单这一点就足以证明，我要她放弃您是多么困难啊！目光多么短浅！她要是不爱您，我还用得着给您抹黑吗？用得着把您说得那么可笑、那么不值钱吗？用得着采取那样极端的手段吗？而且您还不知道全部底细呢！为了从她的心中摘掉您，我还得动用母亲的权利，就这，在费了好大的劲之后，所取得的也只是表面上的同意。如果您刚才偷听过我们的谈话，那么您应当发现，在公爵面前，她没有一句话和一个姿势是支持我的。在整个这场活动中，她几乎没有说一句话；她机械地唱着歌。她内心十分痛苦，于是我，由于怜悯她，终于把公爵从这里领走了。我深信，当她一个人留下来的时候，她哭了。您进来之后应当看见她的眼泪……”

莫兹格里亚科夫的确想起，他跑进房间后发现齐娜满面泪痕。

“可是您、您、您又为什么跟我过不去，玛丽雅·亚历克山德罗夫娜？”他叫嚷道，“您干吗要给我抹黑？诽谤我？——这可是您自己承认的。”

“而这就是另一回事了！假如您一开始就很理智地询问，那您早就会得到答复的。是的，您是对的。这一切都是我干的，而且是我一个人干的。别把齐娜掺和到里边。我干吗要这样做？我的答复是：第一，为了齐娜。公爵很阔，有名望，交游广，而且，齐娜若是嫁给他，那将是很美满的姻缘。还有，即便他死了——也许，这事甚至很快就会发生，因为我们大家迟早都是要死的——到那时，齐娜就是一位年轻的孀妇，公爵夫人，置身于上流社会，而且，也许很富有。那时候，她可以嫁给一位称心如意的人，可以成为最阔气的一对。可是，当然她要嫁给心上的人，嫁给她从前爱过的、但由于同公爵结婚而伤了人家心的人。单是追悔，就会促使她在过去的爱人面前弥补自己的过失。"

"嗯！"莫兹格里亚科夫沉思地望着自己的靴子，哼了一声。

"第二，关于这一点，我只简略地提一下，"玛丽雅·亚历克山德罗夫娜继续说道，"因为您对这一点，也许甚至不能理解。您读您那个莎士比亚，从他那里汲取所有的自己的高尚感情，而实际上，尽管您十分善良，但是过于年轻，而我是个母亲，巴维尔·亚历克山德罗维奇！您听着：我把齐娜嫁给公爵，一部分也是为了公爵本身，因为我想用这桩亲事来拯救他。我从前就很爱这位高尚的、非常善良的、骑士般诚挚的老人。我们过去是朋友。他在那个妖婆的魔爪中是不幸的。她将把他引向坟墓。老天爷有眼，我只是在齐娜面前摆出了这种自我牺牲功绩的全部神圣性之后，才说服了她同公爵结婚。她醉心于高尚的感情和舍己忘身的行为的感召。在她自己身上也具有某些侠义精神。我向她表明，对于或许只能再活一年的人，去做他的依靠、安慰、朋友、孩子、美人、宠儿，这是崇高的基督的事业。不能让一个可恶的女人、让恐惧和忧郁在他的晚年包围着他，而要让光明、友谊、爱情环绕着他，使他感到暮年像天堂一般！请您说说，这里哪儿有什么自私自利？这宁可说是护士的忘我的行为，而不是什么自私自利！"

"那么您……那么您这么做只是为了公爵，为了护士的忘我的行为喽？"莫兹格里亚科夫以嘲笑的语调嘟哝道。

"这问题我也明白，巴维尔·亚历克山德罗维奇，这问题相当明显。或许，您以为，在这里，公爵的利益同自己的利益狡猾地交织在一起，是吗？那又有什么呢？或许，在我的脑子里也有过这些打算，只不过并不是狡猾的，而是无意的。我知道，您对这样的坦率承认感到惊异，可是有一点我得请求您，巴维尔·亚历克山德罗维奇，不要把齐娜掺和在这件事里。她像鸽子一样的纯洁，她没有什么盘算，她只会爱——啊，我可爱的孩子！如果说有谁在盘算，那就是我，只是我一个人！可是，第一，请您认真地扪心自问一下，问问自己的良心，然后告诉我，有谁处在我的地位，在这种情况下，能不盘算盘算呢？我们是在我们的最慷慨的、甚至是最大公无私的事业中来盘算自己的利益，我们的盘算是不知不觉的、不由自主的。当然，几乎人人都在自我欺骗、自我辩解，说自己的行为是高尚的。我不想自我欺骗，我承认，尽管我的目的是高尚的，但也有我的打算。然而您若是要问，我是不是在替自己打算？那我可是一无所需，巴维尔·亚历克山德罗维奇！我已经是过来人了。我是在为她——为我的天使、我的孩子做打算，而且有哪一个做母亲的在这种情况下能够责备我呢？”

在玛丽雅·亚历克山德罗夫娜的眼睛里开始闪烁着泪花。巴维尔·亚历克山德罗维奇惊异地听着这坦率的自白，困惑地眨巴着眼睛。

“是啊，哪一个做母亲的……”他终于说道，“您说得倒好听，玛丽雅·亚历克山德罗夫娜，可是，可是您是答应过我的！您也给过我希望……我怎么办？您想想看！要知道，我这不是上当受骗了吗？”

“难道您以为我没有替您想过，我亲爱的保尔！正好相反：在这全部打算中，对您的利益是那样的巨大，所以，主要的，正是这种利益促使我去干这件事的。”

“我的利益！”莫兹格里亚科夫喊道，这一下子他可是完全懵了，“这是怎么回事？”

“我的天哪！难道头脑简单、目光短浅竟能达到这种地步！”玛丽雅·亚历克山德罗夫娜仰望苍天，叫喊道，“青春啊，青春！沉湎于那个莎士比亚，满脑子幻想，而且认为我们是靠别人的智慧和别人的思想在生活——这就是它所造成的后果！我的善良的巴维尔·亚历克山德罗维奇，您问：这儿哪有您的利益？为了清楚起见，请允许我先插一句话：齐娜爱您——这是毫无疑问的！但是我发现，尽管她的爱情是显然的，但在其中又隐藏着对您、对您的善良感情、对您的意图的某种不信任。我觉察到，她有时好像是故意似的，克制自己，对您冷淡，这是犹豫和不信任的结果。您自己没有觉察到这一点吗，巴维尔·亚历克山德罗维奇？"

"觉——察——到；甚至今天还……可是您想要说什么呢，玛丽雅·亚历克山德罗夫娜？"

"您瞧，您自己也觉察到这一点。可见，我没有弄错。在她心里确实存在着某种奇怪的疑虑，怀疑您的诚意是否能够始终不渝。我是母亲，难道连我都猜不透自己孩子的心？那么您现在设想一下，假如您不是那样兴师问罪地、甚至破口大骂地跑进屋去，激怒她、得罪她、侮辱她，而她又是这样的纯洁、美丽、骄傲。您这样一来，不由得就使她肯定了过去的怀疑，怀疑您居心不良。您再设想一下，假如您对待这个消息的态度是温和的，饱含惋惜的眼泪，哪怕甚至是绝望的眼泪，但同时又光明磊落、胸襟开阔，那又将会怎样呢……"

"嗯！……"

"别打断我的话，巴维尔·亚历克山德罗维奇。我要向您描述一下全部情景，一个出乎您意想之外的情景。您不妨这样设想一下，比方说，您走到她跟前，说道：'齐娜伊达！我爱您甚至超过我的生命，然而门第原因使我们分离。我理解这些原因。这全是为了您的幸福，因而我也不敢抗争。齐娜伊达！我原谅您。愿您幸福，如果可能的话！'而且在这时，您凝视着她，像一只被宰割的羔羊那样凝视着她，假如可以这样形容的话——您设想一下这一切，而且您想想看，您的这一番话对她的心将会产生什么样的效果！"

"不错，玛丽雅·亚历克山德罗夫娜，假定说，情况完全是这样；这我全都明白……可是那又会怎样呢？假定我真的这样说了，而我到头来还是两手空空地离去……"

"不，不，不，我的朋友！别打断我的话！我一定要把全部情景和一切后果向您描绘一番，使您看到它是多么出奇的高尚美妙。您再设想一下，以后过一段时间，在上流社会的交际场合，您同她相遇；在某个地方的舞会上，在辉煌的灯光下，在令人陶醉的音乐声中，在一群极其雍容华贵的女人当中，你们重逢；而且在这个欢乐的盛会上，您独自一人，忧郁、沉思、面色苍白，在某个地方，背靠着圆柱（但要使人看得见您），在舞会的旋风里，您注视着她。她在跳舞。令人陶醉的施特劳斯的乐曲在您身边萦回荡漾，上流社会的妙语如珠——而唯独您一人，面色苍白、激情满怀、痛不欲生！在那个时候，齐娜伊达将会怎样，您想想看？她将会以什么样的眼神瞧着您？她将会这样想：'这个人为我牺牲了一切，一切；为了我，悲痛心碎！而我，我过去却对他疑虑重重。'不用说，往日的爱情将会以不可抑制的力量重新燃起！"

玛丽雅·亚历克山德罗夫娜停顿下来，歇了一口气。莫兹格里亚科夫在椅子里使劲地扭动了一下身子，椅子又一次吱吱地响了起来。玛丽雅·亚历克山德罗夫娜接着说道：

　　"为了公爵的健康，齐娜要到国外去，到意大利去，到西班牙去——到西班牙去，那里有桃金娘、柠檬树，那里有蔚蓝色的天空，那里有瓜达尔基维尔河——那里是爱情之乡，在那里不可能没有爱情而生活；在那里，玫瑰花和亲吻，可以说，在空中飘荡！您也追随她到那里去；您丢掉职务，抛弃亲友，牺牲一切！在那里，你们的爱情将以不可抑制的力量重新开始；爱情、青春、西班牙——我的天哪！自然，你们的爱情是无邪的，圣洁的；但你们四目相视，终日苦闷不堪。您明白我的意思，我的朋友！当然，会有一帮卑鄙阴险的家伙，一帮恶棍，他们将肯定地说，根本不是什么对多灾多难的老人的亲属之情把您吸引到国外去的。我特意把你们的爱情称为无邪的，因为在这帮人眼里会加给它完全另外一种意思。然而我是母亲，巴维尔·亚历克山德罗维奇，我怎么能教你们干坏事呢！……当然，公爵没有能力监视你们俩，其实，那有什么关系！难道能拿这个作为那种恶意诽谤的根据吗？最后，他感谢自己的好命运，安然地死去。试问：齐娜不嫁给您又嫁给谁呢？您是公爵的那样远的远亲，这对结婚不会有任何妨碍。您娶她，跟这样一位年轻的、富有的、显贵的女子成亲——而且是在什么样的时候啊？——是在最显赫的达官贵人们以能够同她结婚为荣的时候。通过她，您成为最上层社会圈子里的一员；通过她，您突然取得高官厚禄。现在您只有一百五十个农奴，而到那个时候，您就阔了；公爵会在自己的遗嘱里安排好一切，这一点我敢担保。而且还有，主要的是她已经完全信任您、信任您的心、您的感情，于是您一下子在她的眼里成为道德高尚和自我牺牲的英雄！……而您，您在听完这些话以后再问问您的利益在哪儿吧！可是，当它站在您的面前两步远的地方瞧着您，向您微笑，而且自己说道：'这是我——你的利益！'的时候，难道还要做一个瞎子，竟然看不见、想不到、考虑不到这个利益吗？巴维尔·亚历克山德罗维奇，您可真够呛啊！"

"玛丽雅·亚历克山德罗夫娜！"莫兹格里亚科夫异常激动地喊道，"这下子我可完全明白了！我做得太粗暴、太低级、太卑鄙了！"

他从椅子上跳起来，扯着自己的头发。

"而且不慎重，"玛丽雅·亚历克山德罗夫娜补充了一句，"主要是：不慎重！"

"我是头驴，玛丽雅·亚历克山德罗夫娜！"他几乎是绝望地叫道，"现在一切都毁了！因为我发狂地爱着她！"

"也许，并不是一切都毁了。"莫斯卡列娃太太低声地说道，仿佛是在考虑着什么。

"啊，如果还有可能的话，帮帮我！开导我！救救我吧！"

接着，莫兹格里亚科夫哭泣起来。

"我的朋友！"玛丽雅·亚历克山德罗夫娜向他伸出手，同情地说道，"您这样做是由于过分急躁、充满激情，因而也是出于对她的爱！您十分绝望，您失去了理智！她应当理解这一切！……"

"我发狂地爱着她，我准备为她牺牲一切！"莫兹格里亚科夫叫喊道。

"听着，我在她面前为您辩解……"

"玛丽雅·亚历克山德罗夫娜！"

"是的，我承担这件事！我领您去。您要像我刚才对您讲的那样，向她说出一切——一切！"

"啊，天哪！您是多么善良啊，玛丽雅·亚历克山德罗夫娜！……可是……能不能马上就做？"

"千万不要！啊，您是多么没有经验哪，我的朋友！她是那样的骄傲！她会把这看成新的粗暴无礼，看成无赖行为！明天吧，明天我把一切都安排好；可是现在，您还是随便到哪儿去走走，哪怕到那位商人家……约莫晚上再回来；可是我并不建议您这样做！"

"我走，我走！我的天哪！您使我复活了！可是还有一个问题：假如公爵不会那么快死掉呢？"

"哎呀，我的天哪！您多么幼稚啊，我亲爱的保尔！正好相反。我们应该向上帝祷告，祝他健康。应该全心全意地祝愿这位可爱的、善良的、骑士般诚挚的老头儿长寿！我将第一个含着眼泪日日夜夜为我女儿的幸福祷告。可是，唉！看来公爵的身体不行了！何况现在还得访问首都，领齐娜去见见世面。我担心，哎哟，真担心这事会使他彻底垮了！但是，亲爱的保尔，我们将祈祷，而其余的事，那就听天由命了！……您这就走吧！祝福您，我的朋友！要等待，要忍耐，要坚强，主要的——要坚强！我从来不怀疑您感情的高尚……"

她紧紧地握了一下他的手，于是莫兹格里亚科夫踮着脚走出了房间。

"好啦，送走了一个傻瓜！"她扬扬得意地说道，"剩下的就是别的事了……"

门开了，齐娜走了进来。她的脸色苍白得异乎寻常，眼睛在炯炯发光。

"妈妈！"她说道，"快点结束吧，不然的话，我可受不了啦！这一切是那样的肮脏和卑鄙，我简直要从家里逃跑了！别折磨我，别刺激我吧！我恶心，听见了吗？所有这些肮脏事使我恶心！"

"齐娜！我亲爱的，你怎么啦？你……你偷听啦！"玛丽雅·亚历克山德罗夫娜目不转睛地、惴惴不安地凝视着齐娜，叫喊道。

"不错，我偷听了。您是不是要像羞辱这个傻瓜那样把我也羞辱一番？听着，我向您发誓，您若再要这样折磨我，让我在这出丑剧里扮演各种下流角色，那我就会抛弃一切，断然甩手不干了。我横下心来担任这个卑鄙勾当的主角，就已经够受了！但是……我缺乏自知之明！我将会被这股臭味熏死！……"接着，她砰的一声关上了门，跑了出去。

玛丽雅·亚历克山德罗夫娜凝视着她的背影，沉思起来。

"得赶紧，赶紧！"她猛然一振，喊叫起来，"主要灾祸……主要危险在她身上。一旦所有这些坏蛋一哄而来，不让我们安宁，闹得满城皆知（想必已经这样做了），那就一切都完蛋了！她受不了这些起哄，会甩手不干的。无论如何应当立刻把公爵领到乡下去！我亲自先飞快地跑一趟，把我那个蠢货给拖出来，带到这儿来！他终究应该多多少少起一点作用吧！等公爵一醒来，我们就出发！"她摇了一下铃。

"马怎么样了？"她向进来的仆人问道。

"早就备好了。"仆人回答道。

玛丽雅·亚历克山德罗夫娜在领公爵上楼的当儿，已经吩咐备马了。

她穿好衣服，但首先跑到齐娜那里，打算扼要地告诉她自己的决定，并嘱咐她一番。可是齐娜已经无法听她说话了。她躺在床上，脸埋在枕头里，哭成了泪人儿，用她那手臂露到肘部的白皙的双手撕扯着她那长长的秀发。她不时地抖动着，好像寒气骤然传遍全身似的。玛丽雅·亚历克山德罗夫娜已经开口讲话了，可是齐娜甚至连头都不抬。

玛丽雅·亚历克山德罗夫娜在她跟前站了一会儿，无可奈何地走了出去，为了从另一方面宽慰自己，她乘上马车，吩咐尽力疾驰。

"真糟糕，齐娜偷听了！"她坐在马车上想着，"我劝说莫兹格里亚科夫的话，几乎和劝她的话一样。她很骄傲，或许，感到受侮辱……嗯！然而主要的，要紧的是：趁大家还没有闻出味儿来之前，就把一切办妥！真倒霉！万一我的那个傻瓜有意作对，偏巧不在家！……"

仅仅是这个想法就使得她火冒三丈，预示着阿法纳西·马特维伊奇准该倒霉；她如坐针毡，急不可耐。几匹马拉着她在飞速奔驰。

十

马车在飞跑。我们已经交代过，还在早晨，当玛丽雅·亚历克山德罗夫娜满城追赶公爵的时候，在她的脑子里已经闪现出一条妙计。我们答应在适当的地方就会提到这条妙计。可是读者已经知道了。那就是：她要霸占公爵，而且尽快地把他带到怡然自得的阿法纳西·马特维伊奇坐享清福的那个郊区村庄去。我们并不隐瞒，玛丽雅·亚历克山德罗夫娜越来越感到一种难以形容的不安。当真正的英雄快要达到目的的那一刹那，往往会发生这种情形。某种本能在暗示她，留在莫尔达索夫是危险的。她在寻思着："只要到了乡下，哪怕全城闹翻了天，我也不管了！"当然，就是在乡下，也不能耽误时间。什么事情都可能发生，种种事情，各式各样的事情；当然，尽管我们不相信图谋陷害我的女主人公的那些恶人后来所散布的关于她的一些流言，说她在这个时刻甚至连警察都害怕。总而言之，她感到，应当尽快给齐娜和公爵举行婚礼。办法都是现成的。村里的神父也可以在她家里给他们办婚礼仪式。甚至后天就可以完成婚礼；万不得已时，甚至明天也可以。在两个钟头之内办完婚礼的事情也是常有的！向公爵说明这种匆促，这种不搞任何庆祝典礼、婚约仪式、告别晚会①是必要的，有好风度的；使他相信这更合乎礼仪、更风雅。最后，在必要时，还可以把这一切都弄得像富有浪漫主义色彩的爱情传奇一般，并以此来拨动公爵的最敏感的心弦。万不得已时，甚至可以把他灌醉，或者，最好是使他经常处于醉醺醺的状态。以后，无论发生什么情况，齐娜已经是公爵夫人了！如果将来非得出丑不可，譬如说，在彼得堡或莫斯科，在那里公爵都有亲戚，那也尽管可以放心。第一，这一切还是将来的事；第二，玛丽雅·亚历克山德罗夫娜相信，在上层社会，丑事几乎从来是不可避免的，特别是在婚事方面，这甚至是合乎时尚的。根据她的理解，上层社会的丑事，应当永远是别具风味的、优雅的，有点像基度山伯爵或《魔鬼回忆录》②那样的风流韵事。最后，只要齐娜出现在上层社会，妈妈将会做她的后盾，于是所有的人，不管是谁，都会立刻被打败，无论是所有这些伯爵夫人和公爵夫人中的哪一个，都经不起玛丽雅·亚历克山德罗夫娜一人所能给予她们的那种莫尔达索夫式的斥责，不论她们是一起上阵，还是单枪匹马。玛丽雅·亚历克山

---

① 按照旧的民间习俗，姑娘出嫁前夕要与女友们举行告别晚会。
② 原文为法语。这是法国作家梅尔希奥尔·弗列德利克·苏里耶（1800—1847）所写的一本具有惊险情节的传奇小说。一八三八年出版。

德罗夫娜正是经过这番深思熟虑，现在才飞快地奔向自己的庄园去调遣阿法纳西·马特维伊奇的。照她的盘算，目前他将是极为需要的。的确，把公爵领到乡下，这就是说，领他去见阿法纳西·马特维伊奇。或许，公爵并不想同他结识。如果阿法纳西·马特维伊奇发出邀请，那事情就大不一样了。况且上了年纪的、威风凛凛的一家之长，刚听到公爵的消息就从遥远的地方专程赶来，系着白领带，身穿燕尾服，手持礼帽出现在面前，能够产生极其良好的效果，甚至能够满足公爵的自尊心。对于这样恳切而又隆重的邀请是很难拒绝的——玛丽雅·亚历克山德罗夫娜这样想着。终于，马车跑完了三里路，车夫萨福隆在一座长长的木头平房的大门前勒住了自己的马。这栋房子相当陈旧，由于年久而变黑，有一长排窗子，周围环绕着老菩提树。这就是玛丽雅·亚历克山德罗夫娜的农村住所和夏季宅邸。屋里已经点上了灯。

"蠢货在哪儿？"玛丽雅·亚历克山德罗夫娜像一阵旋风似的冲进房屋，大声喊道，"毛巾干吗放在这儿？啊哈！他擦身子了！又洗澡了？而且老是在喝茶！喂，不可救药的傻瓜，干吗冲我瞪眼睛？怎么没给他理发？格利什卡！格利什卡！格利什卡！怎么不照我上周吩咐的那样给老爷剪发？"

玛丽雅·亚历克山德罗夫娜进屋的时候，本打算很和气地跟阿法纳西·马特维伊奇打招呼，可是一看到他洗了澡，而且挺惬意地在品茶，不禁感到十分悲愤。可也真是的，她是那样的操心劳累，而这位毫无用处、什么也不能干的阿法纳西·马特维伊奇却是如此安然享福；这种对比使她内心里顿时感到一阵刺痛。而这时，这个蠢货，或者说得客气一点，这个被称作蠢货的人，坐在茶炊跟前，感到莫名其妙的恐怖，张着大嘴，鼓着眼珠，望着自己的夫人——她的出现几乎使他惊呆了。从前厅里闪现出睡眼惺忪的、笨拙的格利什卡的身影，他莫名其妙地观看着这一情景。

"就是不让剪，所以就没有剪，"他以埋怨的、沙哑的声音说道，"十次带着剪子走到跟前，我说，瞧着吧，太太马上就会来的，咱俩都得挨骂，到那时怎么办？可是不行，他老人家说，等一等，礼拜天以前我要把头发卷起来；我要让头发留得长长的。"

"怎么？他居然要卷发！你居然想背着我卷起发来？这成个什么样子？这对你，对你那笨脑袋瓜合适吗？天哪，这儿弄得这么乱七八糟！这是什么气味？我在问你呢，恶棍，这里是什么气味？"夫人吼叫着，越来越凶狠地责骂着无辜的、已经完全变呆了的阿法纳西·马特维伊奇。

"孩子她妈——妈呀！"丈夫吓得魂不附体，嘟哝着，他并没有站起来，用恳求的目光望着自己的母老虎，"孩子她妈——妈——妈呀！……"

"我不知多少次要你这笨驴脑袋牢牢记住，我根本不是你的什么孩子她妈，你怎么老是记不住？我是你的哪门子孩子她妈，你这个废物！对于一位在上层社会有地位的——而不是守在像你这样的笨驴身边的高贵夫人，你竟敢这样来称呼我！"

"可是……可是你，玛丽雅·亚历克山德罗夫娜，你毕竟是我的合法妻子呀，所以我才照夫妻那样……叫……"阿法纳西·马特维伊奇反驳了一句，然而立刻就举起自己的双手抱住脑袋，为的是保护自己的头发。

"咳，瞧你这副嘴脸！咳，你这个杨木橛子！你说，有比你这种回答更愚蠢的吗？合法妻子！现在还有什么合法的妻子？'合法的'——现在上层社会里有谁还使用这个愚蠢的、粗鲁的、叫人十分讨厌的下流字眼？而且我费尽心机，想方设法、竭尽全力想忘记这一点，而你怎么竟敢提醒我，说我是你的妻子？干吗要用手护着脑袋？瞧瞧，他的头发成个什么样子？湿淋淋的！三个钟头也干不了！现在怎么带他走啊？现在怎么让他去见人啊？现在怎么办啊？"

于是玛丽雅·亚历克山德罗夫娜气得拧着自己的手，在屋子里团团转。当然，问题并不大，还可以补救；但是问题在于，玛丽雅·亚历克山德罗夫娜克制不住她那股所向无敌的、爱抖威风的劲头。她感到需要不断地对阿法纳西·马特维伊奇发脾气，因为暴虐已经成为需要，已经习以为常。何况大家都知道，一定社会圈子里的某些文雅的太太，在人背后会变得多么不同，我正是想描绘一下这种不同。阿法纳西·马特维伊奇胆战心惊地注视着自己夫人的变化，瞧着她，甚至出了一身冷汗。

"格利什卡！"她终于喊道，"马上给老爷穿衣服！燕尾服、长裤、白领带、坎肩，快点！他的头刷在哪儿，刷子在哪儿？"

"孩子她妈，我可是刚洗完澡呀，要是进城的话，我会着凉的……"

"不会着凉！"

"可是头发还是湿的呢……"

"我们马上把它弄干！格利什卡，拿头刷来，把它刷干；使劲！使劲！使劲！就这样！就这样！"

在这道命令下，卖力的、忠诚的格利什卡使尽全身的力气开始刷自己老爷的头发，为了更加得劲，他抓住老爷的肩膀，使他稍微弯向沙发。阿法纳西·马特维伊奇皱着眉头，差一点没哭出来。

"现在过来！格利什卡，把他揿起来！发蜡在哪儿？弯腰，坏蛋，弯腰，饭桶！"

接着，玛丽雅·亚历克山德罗夫娜亲自动手替自己的丈夫打发蜡，把他那浓密的花白头发毫不怜惜地揪过来、扯过去。算他倒霉，没有把这些头发给剪掉。阿法纳西·马特维伊奇在唉声叹气，但没有喊出声来，并且顺从地忍受着这全部操作。

"我的血汁全都让你给吸干了，你这个邋遢鬼！"玛丽雅·亚历克山德罗夫娜说道，"再往下弯，往下弯！"

"孩子她妈，我怎么会吸干你的血汁呢？"丈夫抱怨地、慢腾腾地、含糊不清地说道，尽可能地把头低下去。

"蠢货，连比喻都不懂！现在自己梳好头发；而你，给他穿衣服，要快点！"

我们的女主人公坐到安乐椅里，像一个残酷的拷问者观察着阿法纳西·马特维伊奇的全部穿衣仪式。这时，他才有机会喘一口气，稍微休息一下；当仪式进行到系领带的时候，他甚至敢于就打结的样式和美观问题发表某种个人见解。最后，在穿燕尾服的时候，这位可敬的丈夫完全精神起来了，开始在镜子前面带有几分敬意地打量着自己。

"你这是带我上哪儿去呀，玛丽雅·亚历克山德罗夫娜？"他在打扮自己的时候问道。

玛丽雅·亚历克山德罗夫娜简直有点不相信自己的耳朵。

"听着！咳，你这个丑八怪！你竟敢问我带你到哪儿去！"

"孩子她妈，可是总该知道……"

"住口！你只要再敢叫我一声'孩子她妈'，特别是在我们要去的那个地方，我会整整一个月不给你茶喝！"

丈夫吓得不敢吭声了。

"瞧你这个德行！连一个十字勋章也没有混到手，你这个邋遢货。"她轻蔑地瞅着阿法纳西·马特维伊奇的黑色燕尾服，继续骂道。

阿法纳西·马特维伊奇终于生气了。

"孩子她妈，十字勋章得由首长颁发；再说，我是顾问官，不是什么邋遢货。"他怀着高贵的愤怒说道。

"什么？什么？什么？你在这儿学会了发表议论了！咳，你这个乡巴佬！咳，你这个饭桶！真可惜，我现在没工夫跟你磨牙，不然的话，我……好吧，以后再算账！格利什卡，给他帽子！给他大衣！趁我不在这儿的时候，把这三间屋子都收拾一下，连拐角上那间绿色的房间也收拾一下。快点把刷子收起来！把镜套摘下来，钟表套也摘下来，一个钟头以后，一切都收拾停当。你自己穿上燕尾服，把手套发给仆人们，听见没有，格利什卡，听见了没有？"

他们乘上了马车。阿法纳西·马特维伊奇感到莫名其妙，十分诧异。然而在这个当儿，玛丽雅·亚历克山德罗夫娜正在寻思，怎样才能够更明白地往自己丈夫的脑袋里灌输某些在他目前处境下所必须的教诲。可是丈夫倒抢在她的前面发话了。

"玛丽雅·亚历克山德罗夫娜，我今天做了一个非常奇怪的梦。"在他俩沉默之际，他突如其来地宣告道。

"呸，你这个可恶的丑八怪！我还以为什么了不起的事呢！哼，一个梦！你竟敢拿你那乡巴佬的梦来打扰我！还是奇怪的！你懂得什么是奇怪的吗？听着，我最后一次告诉你：假如你今天胆敢在我面前提一句什么梦啊或者什么别的东西，我就——我简直不知道该拿你怎么办！好好听着：K公爵到我这儿来了。你记得K公爵吗？"

"孩子她妈，我记得，记得。他这是干吗来了？"

"住口，不关你的事！你应当特别殷勤、像主人那样，请他立刻光临我们村子。就是为这事我才带你去的。当天我们就乘车回来。可是今天一晚，或者明天，或者后天，或者无论什么时候，只要你胆敢说一个字，我就要你全年去牧鹅！什么也别说，一个字也别说。这就是你的全部任务，明白吗？"

"嗯，可是万一人家要问我点什么呢？"

"那也别说话。"

"可是不能老是不吭声呀，玛丽雅·亚历克山德罗夫娜。"

"那你就随便哼一声，比方说：嗯！或者诸如此类，为的是表现出你是个聪明人，在回答之前总要考虑一番。"

"嗯。"

"你要明白我的意思！我把你带去，为的是表现出你一听到公爵光临，对此非常高兴，立刻就飞快赶来，向他表示自己的敬意，并邀请他到自己的村子去。明白吗？"

"嗯。"

"可是你现在别这么哼呀哈呀的，傻瓜！你得回答我。"

"好吧，孩子她妈，全照你说的办；只是我干吗要邀请公爵呢？”

“怎么？怎么？又要顶嘴啦！干吗？——这关你什么事。你竟敢问我这个？”

“玛丽雅·亚历克山德罗夫娜，我只是想知道：既然你让我别说话，那我又怎样去邀请他呢？”

“我来替你说，而你只是点头，听见没有？只是点头，帽子拿在手里。明白吗？”

“明白，孩子她……玛丽雅·亚历克山德罗夫娜。”

“公爵非常敏锐。假如他要说点什么，哪怕不是对你，那你对一切也都要报以善意的、愉快的微笑，听见没有？”

“嗯。”

“又哼上啦！跟我别哼呀哈呀的！直截了当地回答——你听见没有？”

“听见了，玛丽雅·亚历克山德罗夫娜，听见了，怎么会听不见，我打哈哈是为了练一练，照你吩咐的那样。只是我老是想着那件事，孩子她妈；这算怎么着：假如公爵要说什么，而你又让我瞧着他，微笑。可是万一要问起我什么，那我到底该怎么办呢？”

“多么笨拙的糊涂虫。我已经对你说过了：别说话。我会替你回答，你就只管瞧着，微笑着。”

“那他会认为我是个哑巴。”阿法纳西·马特维伊奇发起牢骚来。

“那有什么了不起的！让他那么去想吧；可是这样就不

会暴露出你是一个傻瓜。"

"嗯……要是别人问起什么来，那又该怎么办呢？"

"没有人会问的，没有人来。万一（千万可别！）有人来，假如问你什么，或者向你说什么，那你就立刻用尖刻的冷笑来回敬他。你懂得什么是尖刻的冷笑吗？"

"这是一种机智的笑，对吧，孩子她妈？"

"我要揍你，蠢货，哼，机智的笑！谁要你这傻瓜的机智？讥笑，明白吗？讥讽的、鄙视的笑。"

"嗯。"

"哎哟，我真为这个蠢货担心哪！"玛丽雅·亚历克山德罗夫娜自言自语地絮叨着，"他真是存心要把我的全部血汁吸干！老实说，还不如压根儿不带他去！"

玛丽雅·亚历克山德罗夫娜一面这么思虑着，担心着悲叹着，一面不断地从自己马车的窗口向外张望着，并催促着车夫。几匹马在飞奔，而她总是觉得慢。阿法纳西·马特维伊奇沉默地坐在自己的角落里，心里暗暗地在复习着自己的功课。马车终于驶进了城，在玛丽雅·亚历克山德罗夫娜的公馆门口停下。然而我们的女主人公刚跳上台阶，立刻就发现，有一辆双套马的、带活车篷的双座雪橇朝着公馆驶来，这正是安娜·尼古拉耶夫娜·安季波娃平时出门经常乘坐的那辆雪橇。雪橇里坐着两位太太。其中的一位，不用说，是安娜·尼古拉耶夫娜本人，另一位则是纳塔丽雅·德米特利耶夫娜，新近才成为她的挚友和追随者。玛丽雅·亚历克山德罗夫娜心情沮丧。可是她还没有来得及喊出声来，又有一辆马车，轿式雪车，朝这边驶来，车里边，显然也有一位女客。响起了高兴的喊声：

"玛丽雅·亚历克山德罗夫娜！还和阿法纳西·马特维伊奇一起！回来啦！从哪儿回来的呀？多么凑巧，我们是到您府上来参加整个晚会的！多么出人意料的事情啊！"

客人们跳上台阶，像燕子似的叽叽喳喳地聊起来。玛丽雅·亚历克山德罗夫娜简直不敢相信自己的眼睛和耳朵了。

"你们这些该死的！"她心里思量着，"这里面有鬼！应该弄清楚！然而，你们这些喜鹊鬼不过我！……你们等着吧！……"

十一

莫兹格里亚科夫走出玛丽雅·亚历克山德罗夫娜的家门，看起来心情十分宽慰。她使他感到十分鼓舞。他并没有到鲍罗杜耶夫那里去，感到需要独自安静一下。英雄似的和浪漫主义的幻想汹涌澎湃，使他无法平静。他在幻想着同齐娜的郑重的剖白，然后是他那宽大心怀的高尚的眼泪、在彼得堡的豪华舞会上的苍白面容和悲观失望、西班牙、瓜达尔基维尔河、爱情，还有垂危的公爵，他在临终前把他们两人的手结合在一起。然后是一位忠实于他的、对他的英雄行为和高尚情操经常赞叹不已的美貌的妻子；通过自己同K公爵的孀妇齐娜的结婚，他肯定会进入"上层社会"，这个社会里的某位伯爵夫人会顺便地、悄悄地对他投以青睐；副省长的地位、金钱——总而言之，玛丽雅·亚历克山德罗夫娜说得天花乱坠的那一切，又在他那踌躇满志的心坎上过了一遍，抚爱着、诱惑着这颗心，而且主要的是，使他的自尊心得到满足。可是就在这个时候（说真的，我也不知道怎样解释这一点），当他对所有这些喜悦开始感到厌倦时，一个令人十分沮丧的想法突然涌上他的心头：不管怎么说，这一切都是将来的事，可是眼前的他毕竟还是大受其骗。当他想到这里的时候，他发现自己糊里糊涂地走到了一个很远的地方，一个很偏僻陌生的莫尔达索夫郊区。天已经黑了。街道两旁坐落着一些矮小的、墙基沉入地下的破房子，街上有几条狗在狂吠着；在一些外省的城镇里，养狗的数量多得惊人，特别是在那些既没有什么东西可防范，也没有什么东西可偷窃的区域里。开始飘起湿润的雪花。偶尔能够碰见一个晚归的小商贩，或者是穿着光板皮袄和皮靴的村妇。所有这些，不知为什么，开始引起巴维尔·亚历克山德罗维奇的恼怒——这可是一个很坏的兆头，因为，当事情一帆风顺的时候，一切事情在我们看来都是那么可爱和令人高兴。巴维尔·亚历克山德罗维奇不禁想起，直到目前为止，他在莫尔达索夫总是表率人物；他感到十分惬意的是，每家都在向他暗示，他是一位未婚夫，并祝贺他得到这种荣幸。他甚至为自己是一个未婚夫而感到骄傲。而突然间，在大家面前，他现在竟成了一个被抛弃的人！这将会引起人们的嘲笑。事实上，怎么能够说服大家改变这种看法呢！关于彼得堡圆柱大厅的舞会，关于瓜达尔基维尔河这一类事，怎么能够说得出口呢！他思考着，苦恼着，悲叹着，终于产生了这样一个念头，这个念头老早就依稀地萦回在他的心头："这一切是真的吗？这一切果真能像玛丽雅·亚历克山德罗夫娜所渲染的那样得以实现吗？"可巧在这个当儿，他想起玛丽雅·亚历克山德罗夫娜为人十分狡猾，尽管她受到大家的尊敬，但是她毕竟从早到晚都在造谣和撒谎。而现在她把他打发走，大概有其特殊的原因；何况，谁都会瞎吹一通。他也想到齐娜，他回忆起她那临别的眼神，远远没有表现出埋藏在内心里的热恋；顺便提一句，与此同时，他还想起了一小时以前，他还被她辱骂为笨蛋。想到这里，巴维尔·亚历克山德罗维奇突然愣住了，羞得满面通红，几乎落泪。好像故意似的，紧接着他又碰上了一起不愉快的事：他跌了一跤，从木制人行道上掉进雪堆里。正当他在雪里挣扎的时候，一群早就跟着他狂吠的狗从四面八方向他猛扑过来。其中有一条最小的、然而很凶恶的狗，甚至用牙齿咬住他的皮大衣下摆，吊在他的身上。巴维尔·亚历克山德罗维奇一面抵挡着这群狗，一面大声地叫骂着，甚至诅咒着自己的命运，耷拉着被撕坏的下摆，怀着难忍的苦恼，终于勉强挣扎到一个街角，这时他才发觉，他迷了路。大家知道，一个在城市陌生地区迷了路的人，特别是在夜晚，怎么也不可能笔直地沿着大街走去；一种令人神秘不解的力量在不时地推动着他在途中但凡遇到大街和小巷就拐弯。巴维尔·亚历克山德罗维奇也是照着这种办法行事，结果完全迷了路。他忿恨地啐着唾沫，自言自语地说道："让所有这些高尚的情操，还有那瓜达尔基维尔河，通通都见鬼去吧！"我可不敢说，这会儿莫兹格里亚科夫的模样是招人喜欢的。他疲惫不堪，受尽折磨，在迷路两个钟头以后，终于摸到玛丽雅·亚历克山德罗夫娜公馆的大门口。当他看到许多马车的时候，他吃了一惊。他想道："难道是客人？难道是举行晚会？目的又是什么呢？"巴维尔·亚历克山德罗维奇向碰到的仆人打听了一下，了解到玛丽雅·亚历克山德罗夫娜到乡下去了一趟，把阿法纳西·马特维伊奇领来，他还系着白领带；公爵已经睡醒，但还没有下来会客，于是他二话没说，径直跑上楼去见他舅舅。这时他的心情就像是一个性格软弱的人，为了报复，决心去干一件最可怕的、最恶毒的龌龊勾当，而不考虑到可能为此悔恨终生时所处的那种状态。

他上楼以后，看见公爵坐在安乐椅里，面对着自己的旅行梳妆匣，脑袋完全光秃，然而已经戴上了短尖胡子和连鬓胡子。他的假发还拿在他那头发斑白的年迈的近侍和宠儿伊万·帕霍梅奇的手中。帕霍梅奇正在庄重、恭敬地梳理着它。至于谈到公爵，他还没有从不久前的醉酒中清醒过来，模样十分可怜。他坐在那里，浑身有点像瘫了似的，眨巴着眼睛，面带倦容、无精打采，而且仿佛不认识莫兹格里亚科夫似的瞅着他。

"舅舅，您身体好吗？"莫兹格里亚科夫问道。

"怎么……是你呀？"舅舅终于说道，"老弟，我稍微躺了一会儿。哎呀，我的天哪！"他苏醒过来，大叫了一声，"怎么我……竟然没有戴假——发！"

"舅舅，别担心！我……我来帮您的忙，假如您乐意的话。"

"你现在可是知道我的秘密了！我不是说过嘛，应该把门闩——上。得啦，我的朋友，你应当立即向我作出自己的保——证：不利用我的秘密，不告诉任何人，说我的头发是假——的。"

"哟，舅舅，可别这么想！难道您以为我能去干那种卑鄙的事吗？"莫兹格里亚科夫喊叫起来，为了……长远的目的，希望讨好老头。

"是啊，是啊！正因为我看出，你是一位高尚的人，所以也就这么着吧，我索性让你开开——眼——界……而且向你公开我的全部秘密。我亲爱的，你喜欢我的小——胡子吗？"

"好极啦，舅舅，妙极啦！您怎么能把它留那么久？"

"我的朋友，你不会相信，它是假——的！"公爵得意洋洋地望着巴维尔·亚历克山德罗维奇说。

"果真是这样吗？真叫人难以相信。可是连鬓胡子呢？舅舅，您说老实话，您大概是把它染黑的吧？"

"染黑的？我才不去染它呢，它完全是人工的！"

"人工的？不，舅舅，不管您怎么说，我也不会相信。您是在取笑我！"

"千真万确，我的朋友！①"公爵扬扬得意地喊道，"你

---

① 原文为法语。

想——想看，大家，所有的人，像你一样，都受——骗——啦！甚至连斯杰潘尼达·玛特维耶夫娜也不相信，虽然她本人有时也戴——假——发。可是，我的朋友，我相信，你会替我保密的。你向我保证……”

“舅舅，我保证，绝不泄露。再对您说一遍：难道您以为我能去干那种卑鄙的事吗？”

“哎呀，我的朋友，今天你不在跟前的时候，我又摔了那么一下！费奥菲尔又把我从马车里摔——了出去。”

“又摔出去了！什么时候？”

“就在咱们快要到小——修——道院的时候……”

“舅舅，我知道，这是以前的事了。”

“不，不，两个钟头以前，不会再——多。我乘车去小修道院，而他一下子就把我给摔出去了；那么吓——人，甚至现在还心神不定呢。”

“可是，舅舅，您不是睡了一会儿嘛！”莫兹格里亚科夫惊讶地说道。

“是啊，睡了一会儿……可是后来又出——发——了……不过，我……不过，我这是，也许……唉，这是多么奇怪啊！”

“舅舅，我向您担保，您这是在做梦！打午饭以后，您就安安稳稳地睡了。”

“真的吗？”于是公爵沉思起来。

“嗯，对，我果真，也许，是在做梦。不过，梦里的一切我全都记得。起初，我梦见那么一头非常可怕的长着犄角的公牛；后来，梦见那么一位检——察——官，似乎也长着犄——角……"

"舅舅，这大概是尼古拉·瓦西里伊奇·安季波夫。"

"是啊，也许就是他。随后又梦见拿破仑·波拿——巴。我的朋友，你知道吧，大家都对我说，我长得像拿破仑·波拿——巴……可是从侧面看，似乎我特别像一位古代的教皇，是吗？我的朋友，你以为怎样，我像教——皇吗？"

"舅舅，我认为，您更像拿破仑。"

"是啊，这是从正面 [①]。不过，我自己也这么认为，我亲爱的。而且我梦见他当时已经是被关在岛上了，而且，你知道吧，他是那么健谈、活泼，是那么一位爱取笑逗乐的人，以致他特——别——使我开心。"

"舅舅，你这说的是拿破仑？"巴维尔·亚历克山德罗维奇说道，若有所思地望着舅舅。在他的脑海里开始闪现出一个奇怪的念头，而这个念头，连他自己也说不清楚。

"是啊，说的是拿破仑。我同他一直在谈论哲学。然而，你知道吧，我的朋友，我甚至感到遗憾：英——国——人干吗对他那样厉害……当然，不用铁链把他拴住，他又会向人们猛扑过来。他是一个疯狂的人。可是毕竟很可怜。要是我的话，就不会那样做。我会把他关在一个

---

① 原文为法语。

无——人——的岛上……"

"干吗要关在无人岛上呢?"莫兹格里亚科夫心不在焉地问道。

"好吧,关在有——人——烟的岛上也行,只是岛上的居民都得是通情达理的人。嗯,而且还给他安排各种娱——乐:剧院啦、音乐啦、芭蕾舞啦,而且全都由公家出钱。允许他出来游逛,自然啦,得有人监视,不然的话,他会马上偷偷溜——走——的。有些馅饼,他挺喜欢吃的。好吧,那就天天给他弄点馅饼。我呀,这么说吧,会像慈——父——般地养活他。他在我跟前会悔——过——的……"

莫兹格里亚科夫心不在焉地听着这个没有完全睡醒的老头子的胡言乱语,不耐烦地咬着指甲。他很想把话题转到结婚上来——连他自己也不知道这是为什么;可是无边的忿恨在他的心里翻腾着。老头子忽然惊叫起来。

"哎呀,我的朋友!我差一点忘了告——诉——你。你想想看,我今天还求——婚——了呢。"

"舅舅,你求婚了?"莫兹格里亚科夫兴奋地喊道。

"是啊,求——婚——来着。帕霍梅奇,你要走啦?那么,好吧。那么一位迷人的人儿①然而……我亲爱的,说实在的,我做得太冒——失——了。我只是现在才看——出这一点来。唉,我的天哪!"

---

① 原文为法语。

“可是，舅舅，请问，您是什么时候求婚的？”

“我的朋友，说实在的，连我也弄不清楚到底是在什么时候。这事儿，我会不会也是在做梦？哎呀，可——是，这多么奇怪啊！”

莫兹格里亚科夫高兴得抖动了一下。在他的头脑里闪出了一个新的主意。

“可是，舅舅，您当时向谁求婚来着？”他急不可耐地重复道。

“主人的女儿，我的朋友……这位漂亮的人儿……① 不过，我忘了她叫什么名字。只是，你要知道，我的朋友，我可无论如何不能结——婚——呀！我现在该怎么办呢？”

“是的，您要是结婚的话，那您当然会毁掉自己的。可是，舅舅，请允许我再向您提一个问题。您是不是确实有把握，您当真求过婚？”

“是啊……我有把握。”

“假如这一切也像您又一次从车里摔出来那样，是在做梦呢？”

“哎呀，我的天哪！的确，也许，连这件事我也是在做梦！所以我现在不知道该怎么去露——面。我的朋友，有什么法子，用别——的——办——法，确——实——了解一下：我求过婚没有。不然的话，你想想看，现在我的处

---

① 原文为法语。

境会成什么样子？"

"舅舅，您听我说。我认为，没有什么可了解的。"

"那又是为什么呢？"

"我确实认为，您这是在做梦。"

"我亲爱的，我自己也是这么想的，何况我时常做这——样——的梦。"

"舅舅，您瞧，这就对啦。您想一想看，您吃早饭的时候喝了点酒，后来吃午饭的时候又来了几杯，于是终于……"

"是啊，我的朋友，也许，正是由于这一个缘故。"

"舅舅，何况，不管您怎么头脑发热，您无论如何也不可能真正这样冒失地求婚。舅舅，就我所知，您是一位非常慎重的人，而且……"

"是啊，是啊。"

"请您只要想一想这么一件事：您的那些亲戚本来对您就不好，他们一旦了解到这件事，到那时会怎样呢？"

"哎呀，我的天哪！"公爵吓得大叫一声，"而那时又会怎样呢？"

"那还用说！他们会异口同声地嚷嚷起来，说您是在神志不清的情况下干的，说您是个疯子，说您应当受到监护，说您上当受骗了，而且，看起来还会把您弄到一个地方，看管起来。"

莫兹格里亚科夫知道用什么能够吓唬住这个老头。

"哎呀，我的天哪！"公爵惊叫起来，像树叶似的颤抖着，"当真会把我关起来吗？"

"舅舅，所以您得考虑一下：您当真能这样冒失地求婚吗？您自己明白您的利益所在。我郑重地肯定，您这完全是在做梦。"

"一定是在做梦，一——定——是在做梦！"被吓坏了的公爵连连说道，"嘿，我亲爱的，你对这一切判断得多么聪明啊！你使我开了窍——我打心眼里感激你！"

"舅舅，而我，今天遇到了您，使我非常高兴。您想想看：要是没有我，您真会不知所措；真难以设想，您是个未婚夫，以未婚夫的身份下去会客。您想想，这是多么危险啊！"

"是啊……是啊，危险哪！"

"您可要记住，这姑娘二十三岁了，谁也不愿意娶她，而突然间，您这么一位富有的、显贵的人物，却成了她的未婚夫！她们马上会抓住这个想法，使您相信，您真是她的未婚夫，看来，她们会逼着您结婚。而她们倒在那里盼望您早点死掉。"

"真的吗？"

"而且还有，舅舅，您要记住：您是一位高贵的人……"

"是啊，高贵的……"

"您又聪明，又亲切……"

"是啊，我聪明，不错！……"

"最后还有，您是一位公爵。假如您真的由于某种缘故需要结婚的话，您能替自己找这样的对象吗？您想想吧，您的那些亲戚会怎么说呢？"

"哎哟，我的朋友，他们真会把我咬死的！我可是尝够了他们的阴险毒辣……要知道，我怀疑，他们想把我关进疯人院。喂，我的朋友，试问，这样做像话吗？再说，在那里，在疯——人——院里，我干什么呢？"

"当然，舅舅，正是由于这个缘故，当您下去的时候，我将不离开您。现在客人都在那里。"

"客人？哎呀，我的天哪！"

"别担心，舅舅，我将守在您的身边。"

"我是多么感——激你呀，我的朋友，你简直是我的救星！……可是你知道吗？我还是走掉为妙。"

"明天，舅舅，明天早上七点钟。而今天您还是当着大家的面告别一下，说您要走了。"

"一定得走……到米萨伊尔神父那儿去……可是，我的朋友，假如在那儿她们要替我做媒，那该怎么办呢？"

"舅舅，别怕，有我呢。而且，不管对您说什么，拿什么来暗示您，反正您一口咬定，这一切您都是在做梦……好像是在梦里真有那么回事似的。"

"是啊，一——定——是在做梦！可是，我的朋友，你听我说，这毕竟是一个非——常——美——妙的梦！她漂亮极啦，而且，你听我说，那样苗条……"

"得啦，再见，舅舅，我到下面去啦，而您……"

"怎么！你竟把我一个人扔下！"公爵惊恐地喊道。

"不是的，舅舅，我们只是一个个地下去；先是我，然后是您。这样更好些。"

"那么，好——吧。可巧，我正需要把一个想法记下来。"

"对，舅舅，把您的想法记下来，随后就下去，可别磨蹭。明天早上……"

"明天早上就到修士司祭那儿去，一——定到修士司祭那儿去！迷人，迷人！你听我说，我的朋友，她漂亮极——啦……那样苗条；假如我一定要结婚的话，那我就……"

"舅舅，您千万不能这样！"

"是啊，千万不能这样！……好吧，再见啦，我亲爱的，我一写完，马上就……顺便一提，我早就想问你：你读过卡札诺瓦①的《回忆录》吗？"

"舅舅，读过，怎么啦？"

"是啊……我怎么一下子又忘了想说什么来着……"

"以后会想起来的，舅舅！再见！"

"再见，我的朋友，再见！这毕竟是一个非常美妙的梦，非——常——美——妙——的梦！……"

---

① 卡札诺瓦·卓万尼·札柯莫（1725—1798），意大利探险家。他曾用法语写过一本《回忆录》，书中广泛地描写了西欧各国贵族宫廷社会的生活情况。

十二

"我们大家都要上您这儿来！普拉斯柯维娅·伊里尼奇娜也要来，露伊萨·卡尔洛夫娜也想来。"安娜·尼古拉耶夫娜走进沙龙，贪婪地环视着四周，叽叽喳喳地说道。这是一位相当漂亮的、娇小玲珑的女人，她穿得花哨而阔气，而且也深知自己很漂亮。她总觉得，公爵和齐娜一起躲在某个角落里。

"卡杰琳娜·彼特罗夫娜也要来，菲莉萨塔·米哈依洛夫娜也想来。"纳塔丽雅·德米特利耶夫娜补充说道。这是一位身材高大的女人，公爵十分喜欢她的体形，她非常像一个格列那结尔兵 [①]。一顶非常小的玫红色的帽子耸在她的后脑勺上。她成为安娜·尼古拉耶夫娜的最亲密的朋友已经三个星期了，她早就缠着她、巴结她，从外表上看来，她能把她连骨头一口吞下去。

"我能在寒舍，而且是在晚上，见到您二位，要说是高兴嘛，那简直就没法提是多么高兴了，"玛丽雅·亚历克山

[①] 帝俄军队里经过挑选的个子高大的精兵。

德罗夫娜从最初的惊慌中恢复了常态，像唱歌似的开口说道，"可是，请问，当我对这种荣幸已经完全绝望的时候，是什么奇迹使您二位今天光临敝舍？"

"哎呀，我的天哪，玛丽雅·亚历克山德罗夫娜，您怎么能这样说呢？"纳塔丽雅·德米特利耶夫娜甜蜜地说道，她那扭扭捏捏、羞羞答答和尖声尖气的样子正好同她的外表形成非常有趣的对照。

"可是，我的迷人的朋友，"安娜·尼古拉耶夫娜叽叽喳喳地说起来，"我们这场戏剧演出的全部募捐活动该结束了，一定得结束。彼得·米哈依洛维奇今天还对卡里斯特·斯坦尼斯拉维奇说，我们这件事进行得不顺利，我们只是在争吵——这使他非常难过。于是今天我们四个人就聚在一起，我们想：我们还是上玛丽雅·亚历克山德罗夫娜那儿去吧，索性一下子全都解决得啦！纳塔丽雅·德米特利耶夫娜还通知了其他一些人。大家都来。我们一块儿商量好，事情就妥啦。免得人家说，我们老是争吵，对吗，我的天使？"她吻着玛丽雅·亚历克山德罗夫娜，戏谑地补充说道，"哎呀，我的天哪！齐娜伊达·阿法纳西耶夫娜！您真是一天比一天漂亮啦！"安娜·尼古拉耶夫娜奔向齐娜，亲吻着她。

"她们除了变漂亮以外，再也没有什么事可做了。"纳塔丽雅·德米特利耶夫娜揉搓着自己的大手，甜甜地添了一句。

"哎哟，他妈的！我连想都没有想到这个演戏的事！这些喜鹊可真鬼！"玛丽雅·亚历克山德罗夫娜气急败坏地悄声说。

"何况，我亲爱的，"安娜·尼古拉耶夫娜补充说道，"这位可爱的公爵目前正在您这儿。您是知道的，在杜哈诺沃，原先的地主那里，曾经有过一个剧社。我们已经打听过了，而且知道所有这些古老的布景、幕布，甚至还有剧装，都存放在那里的某个地方。公爵今天到过我家，可是他的到来使我万分惊奇，以至于完全忘记告诉他了。现在我们特意谈起演戏的事，您帮帮我们的忙，公爵就会派人把所有这些陈旧无用的破烂给我们送来。不然的话，在这里让谁去制作像布景这类东西呢？而主要的是，我们想让公爵也参加我们的剧社。他一定得签名，要知道，这是为了穷人啊。兴许，他甚至会出演一个角色呢——他是那样的和蔼可亲，那样的随和。能这样的话，那就再好不过啦。"

"当然，他一定会出演一个角色。要知道，有人可以迫使他扮演任何角色。"纳塔丽雅·德米特利耶夫娜意味深长地添了一句。

安娜·尼古拉耶夫娜并没有欺骗玛丽雅·亚历克山德罗夫娜：太太们陆续不断地聚集过来。玛丽雅·亚历克山德罗夫娜迎接着她们，不停地说着在这种场合下符合礼节和规矩的应酬话，忙得不可开交。

我不打算去描写所有来访的女客，只谈一点：每个人瞅着都非常狡猾。大家的脸上都流露出期待着什么和某种急不可耐的神色。有些太太就是怀着这样一个坚决的意图来到这里的：要成为一场异乎寻常的丑事的目睹者，假如看不到它就散去，那将会非常令人生气。表面上大家都显得异常亲切，然而玛丽雅·亚历克山德罗夫娜已经坚决地准备应付来袭。大家纷纷询问起公爵的情况，乍一看这些问话都是极其自然的；然而在每一句问话里都含有某种暗示、讽刺。茶端来了，大家分别就座。一伙人占据了钢琴。有人请求齐娜演奏和唱歌，她冷淡地回答说自己身体不大舒服。她那苍白的面色证明了这一点。同情的问候立刻纷纷而来，而且甚至在这个时候也不放过机会打听点什么，给点什么暗示。大家也问到莫兹格里亚科夫的情况，而且在这些问话里都捎带上齐娜。玛丽雅·亚历克山德罗夫娜此刻机警十倍，她盯着房间的每个角落发生的一切事情，听着每位女客的谈话，尽管她们有十来个人；而且她迅即对一切问题做出回答，自然也是不假思索、对答如流。她很替齐娜担心，并且感到奇怪：她为什么不离去，像往常在这类聚会场合下所做的那样。阿法纳西·马特维伊奇也受到注意。大家总是拿他取笑，以便用丈夫来挖苦玛丽雅·亚历克山德罗夫娜。现在满可以从不大聪明的、坦率直爽的阿法纳西·马特维伊奇这里探出点口风来。玛丽雅·亚历克山德罗夫娜看到自己的丈夫受到包围，便忐忑不安地密切注视着这一情况。何况他对一切问题都回答一声"嗯"，他那种拘谨而倒霉的样子，使得玛丽雅·亚历克山德罗夫娜十分恼火。

"玛丽雅·亚历克山德罗夫娜！阿法纳西·马特维伊奇根本不愿意和我们谈话，"一位谁都不怕、从来不知害臊、大胆且目光尖锐的年轻太太喊道，"您吩咐他一声，要对太太们礼貌点。"

"说真的，连我自己也不知道，他今天是怎么回事，"玛丽雅·亚历克山德罗夫娜撂下自己同安娜·尼古拉耶夫娜、纳塔丽雅·德米特利耶夫娜的谈话，愉快地含笑答道，"真的，那样不爱说话！他同我几乎也是一句话都没有。你怎么不答菲莉萨塔·米哈依洛夫娜的话，阿法纳西①？您问他什么来着？"

"可是……可是……孩子她妈，是你自己……"感到惊奇的、张皇失措的阿法纳西·马特维伊奇嘟哝了一句。这时，他正站在熊熊燃烧着的壁炉旁，把手插在坎肩里，摆出一副他为自己选定的神气活现的姿态，而且不时地一小口一小口地呷着茶。太太们的问题使他窘得像个小姑娘似的满脸通红。当他正要开口为自己辩解的时候，他遇到了自己狂怒的夫人那样凶狠的目光，使他差一点没吓掉了魂。

---

① 原文为法语拼写。

他不知所措，又想设法改正错误，重新挽回面子，只好呷一口茶，可是茶太烫了。他一口喝多了，烫得要命，茶杯失手落地。他被呛着了，并且咳嗽得那么厉害，以致不得不暂时走出房间，弄得所有在场的人莫名其妙。总而言之，一切都很清楚了。玛丽雅·亚历克山德罗夫娜领悟到，她的客人们已经知道了全部底细，而且是来意不善。情况是危险的。她们可能当着她的面劝说这位神志不清的老头，把他完全弄糊涂。她们甚至可能在今晚挑拨公爵同她吵上一架，把公爵骗到手，从她这里把他领走。什么事都可能发生。可是命运替她还安排了一场考验：门开了，出现了莫兹格里亚科夫。她一直认为他是在鲍罗杜耶夫家里，万万没有料到今晚会到她这儿来。她像是被什么东西刺痛了似的，颤抖了一下。

莫兹格里亚科夫停在门口，有点慌张地环视着大家。他的脸上明显地表现出激动的神情，他无法使自己平静下来。

"哎呀，我的天哪！这不是巴维尔·亚历克山德罗维奇嘛！玛丽雅·亚历克山德罗夫娜，您怎么说他到鲍罗杜耶夫那儿去了？巴维尔·亚历克山德罗维奇，有人对我们说，你躲在鲍罗杜耶夫家里。"纳塔丽雅·德米特利耶夫娜尖声地叫道。

"躲？"莫兹格里亚科夫撇嘴冷笑着重复道，"多么奇怪的字眼！对不起，纳塔丽雅·德米特利耶夫娜！我谁也不躲，谁也不藏。"他意味深长地瞅了玛丽雅·亚历克山德罗夫娜一眼，补充说道。

玛丽雅·亚历克山德罗夫娜颤抖起来。

"怎么，难道连这个混蛋也造反啦！"她审视着莫兹格里亚科夫，想道，"这可是糟糕透顶啦……"

"巴维尔·亚历克山德罗维奇，听说您退了……当然，指的是退职啦，这是真的吗？"粗鲁的菲莉萨塔·米哈依洛夫娜跳了起来，嘲笑地照直盯着他的眼睛。

"退职？什么退职？我只不过是在变换职务。我在彼得堡得到一个职位。"莫兹格里亚科夫冷淡地回答道。

"那我就向您道喜啦，"菲莉萨塔·米哈依洛夫娜继续说道，"当我们听说您在我们的莫尔达索夫谋求职位时，我们甚至很吃惊。这里的职位是不可靠的哟，巴维尔·亚历克山德罗维奇，马上就会被撤下来的。"

"不过县立学校的教员这一类工么倒是个例外，那里还可以找到空位子的。"纳塔丽雅·德米特利耶夫娜说道。暗示是那样的露骨和无礼，把安娜·尼古拉耶夫娜弄得很窘，不由得轻轻地踢了自己这位毒辣的朋友一脚。

"难道您以为巴维尔·亚历克山德罗维奇会同意屈就某个教书匠的位子吗？"菲莉萨塔·米哈依洛夫娜插嘴说。

可是巴维尔·亚历克山德罗维奇不知回答什么好。他转过身去，正好同阿法纳西·马特维伊奇撞了个满怀，阿法纳西·马特维伊奇向他伸过手来。莫兹格里亚科夫极其愚蠢地不和他握手，而且讥讽地朝他深深鞠了一躬。他气极了，径直走到齐娜跟前，恶狠狠地盯着她的眼睛，低声说道：

"这一切都是承蒙您的恩惠。等着吧，我今天晚上就向您证明：我是不是一个笨蛋！"

"干吗要等呢？这一点现在就看得很清楚。"齐娜高声回答道，厌恶地打量着自己过去的求婚人。

莫兹格里亚科夫被她那响亮的声音吓得急忙转过身去。

"您是从鲍罗杜耶夫那儿来的吗？"玛丽雅·亚历克山德罗夫娜终于下定决心问道。

"不是的，我从舅舅那儿来。"

"从舅舅那儿？这就是说，您刚才去过公爵那儿？"

"哎呀，我的天哪！这就是说，公爵已经醒来啦，可是有人对我们说，他一直还在睡着。"纳塔丽雅·德米特利耶夫娜添了一句，恶狠狠地瞪着玛丽雅·亚历克山德罗夫娜。

"别替公爵担心，纳塔丽雅·德米特利耶夫娜，"莫兹格里亚科夫回答道，"他醒了，而且，谢天谢地，现在已经头脑清醒了。先前给他灌了好些酒，先是在您那儿，后来在这儿终于被灌醉了，结果他完全失去头脑，何况他的头脑本来就不坚定。可是现在，谢天谢地，我们一起谈了一会儿，他已经清醒过来。玛丽雅·亚历克山德罗夫娜，他马上就要到这儿来，以便向您告别，并感谢您的全部盛情款待。明天天亮前，我们一同前往小修道院，然后我一定要亲自护送他回杜哈诺沃，以免再次翻车，譬如说，像今天那样。在那里，斯杰潘尼达·玛特维耶夫娜会亲手把他接过去，在此以前，斯杰潘尼达·玛特维耶夫娜一定会从莫斯科回来的，而且无论如何不会再让他出门旅行了——这一点，我敢担保。"

莫兹格里亚科夫一面这么说着，一面狠毒地瞪着玛丽雅·亚历克山德罗夫娜。玛丽雅·亚历克山德罗夫娜仿佛惊呆了似的坐在那里。我得伤心地承认，我的女主人公也许是有生以来第一次胆怯起来。

"那么他老人家明天天亮前就要走啦？这是怎么回事呢？"纳塔丽雅·德米特利耶夫娜朝着玛丽雅·亚历克山德罗夫娜问道。

"这是怎么回事呢？"客人中响起了天真的喊声，"而我们听说……这可真奇怪！"

可是女主人简直不知道该怎么回答才好。突然，大家的注意力异乎寻常地、古怪地被什么东西吸引住了。在隔壁房间里响起了一种奇怪的声音和谁的尖叫声，紧接着索菲娅·彼特罗夫娜·法尔普兴娜突然出人意外地闯进了玛丽雅·亚历克山德罗夫娜的沙龙。索菲娅·彼特罗夫娜是莫尔达索夫城无可争议的最古怪的女人。她古怪得使莫尔达索夫的人们不久以前做出决定，不再接纳她参加社交界的活动。还应该指出，她十分准时地每天晚上七点整要吃点东西，照她的说法，是为了生理上的需要，而且在吃了点心之后，她通常处于精神最解放的状态，至少可以这么说。现在，当她这样出人意外地闯进玛丽雅·亚历克山德罗夫娜家里来的时候，她正是处在这种精神状态之中。

"哈，玛丽雅·亚历克山德罗夫娜，您原来是这样啊，"她嚷得满屋子都能听到，"您竟然这样对待我！别担心，我只待一会儿，我不会在您这儿坐的。我特意来了解一下：人家告诉我的事是真的吗？哈！原来您这儿又是舞会，又是宴会，又是订婚典礼，而我索菲娅·彼特罗夫娜只能待在家里织袜子！全城都请遍了，就是不请我！可是不久以前，当我前来转告您，在纳塔丽雅·德米特利耶夫娜家里人们怎样款待公爵时，我又是您的朋友，又是您的我的天使。不久以前，您把纳塔丽雅·德米特利耶夫娜骂得狗血淋头；她也骂您来着，可是眼前她倒成了您的座上客。纳塔丽雅·德米特利耶夫娜，别担心！我才不稀罕您的什么为了健康 ① 巧克力呢，十戈比就能买一块。我在家里喝巧克力茶要比您喝的次数多得多！呸！"

"想必是吧。"纳塔丽雅·德米特利耶夫娜说道。

"可是，索菲娅·彼特罗夫娜，可别这样，"玛丽雅·亚历克山德罗夫娜懊丧得涨红了脸，喊道，"您这是怎

----

① 原文为法语。这里可能是巧克力的一种名称，可译作：健康牌巧克力。

么啦？至少得放明白点。"

"别替我操心，玛丽雅·亚历克山德罗夫娜，我什么都知道，我打听得一清二楚！"她用她那尖得刺耳的嗓子嚷嚷着，所有的客人都围拢在她的周围，看来是在欣赏这场出人意料的闹剧，"我什么都知道啦！您的纳斯塔霞跑到我那儿，通通都说了。您勾引住这位可怜的公爵，把他灌醉，逼着他向您那没人要的女儿求婚，而且还以为连自己现在也成了了不起的人物——穿花边衣服的公爵夫人，呸！别担心，我本人是上校夫人！既然您不请我参加订婚典礼，我也不在乎！比您更有地位的人我见得多啦。我在札里赫瓦茨卡娅伯爵夫人家里吃过午饭；首席委员库罗奇金向我求过婚！我才不稀罕您的邀请呢，呸！"

"索菲娅·彼特罗夫娜，您放明白点，"玛丽雅·亚历克山德罗夫娜怒气冲冲地回答道，"我老实告诉您，这样闯进一个高尚人家，而且以这种方式，是不可以的，而且如果您不马上给我走开，停止您的高论，那我就要立刻采取自己的措施了。"

"我知道，您要吩咐您的仆人把我领出去！别操心，我自己认得路。再见啦，高兴嫁给谁就嫁去吧；而您，纳塔丽雅·德米特利耶夫娜，不要讥笑我，我才不稀罕您的巧克力呢！尽管没有邀请我到这儿来，可是我总没有在公爵面前跳哥萨克舞。您笑什么呀，安娜·尼古拉耶夫娜？苏希洛夫把腿摔断了，现在把他抬回家去啦，呸！而您，菲莉萨塔·米哈依洛夫娜，您要是不吩咐您那光脚丫玛特廖什卡趁早把您的牛赶走，别让它每天在我的窗子底下哞哞叫，那我就把您的玛特廖什卡的腿砸断。再见了，玛丽雅·亚历克山德罗夫娜，祝您幸福，呸！"索菲娅·彼特罗夫娜消失了。客人们在笑着。玛丽雅·亚历克山德罗夫娜弄得非常张皇失措。

"我想，她喝醉了。"纳塔丽雅·德米特利耶夫娜甜蜜地说。

"可是，太没礼貌了！"

"多么可恶的女人哪！"①

"可真够逗乐的！"

"哎呀，她说得多么不像话哟！"

"可是她刚才提到订婚典礼，这是什么意思？这究竟指的是什么订婚典礼呢？"菲莉萨塔·米哈依洛夫娜热讽冷嘲地问道。

"这太不像话了！"玛丽雅·亚历克山德罗夫娜终于发作了，"就是这些恶魔，在大量地散布着所有这些流言蜚语！菲莉萨塔·米哈依洛夫娜，在我们的社交界有这样的女人，这并不奇怪，一点也不奇怪，最使人奇怪的是，有人需要这号女人，听她们的，支持她们，相信她们，她们……"

---

① 原文为法语。

"公爵！公爵！"所有客人突然叫喊起来。

"哎呀，我的天哪！这位亲爱的公爵！"

"好啦，谢天谢地！我们马上就会知道全部底细了。"菲莉萨塔·米哈依洛夫娜对自己身边的一个女人低声说道。

十三

公爵走了进来，面露甜蜜的微笑。一刻钟以前，莫兹格里亚科夫在他的那颗愚蠢的心里所引起的全部惊恐，在看见这些女士时，全都烟消云散了。他立刻像一小块糖一样溶化了。太太们用尖细的欢呼声迎接了他。总的说来，太太们从来都挺喜爱我们这位小老头的，而且同他非常亲昵。他具有一种能耐，单凭自己的外形就足以使她们非常开心了。早上，菲莉萨塔·米哈依洛夫娜甚至肯定地（当然，并非认真地）说，她会坐到他的膝上，假如这会使他感到高兴的话，"因为他是一位非常可爱的小老头儿，可爱得简直没法说了！"玛丽雅·亚历克山德罗夫娜用自己的眼睛盯住他，想从他的脸上看出点什么来，并且预测出使自己摆脱困境的出路。十分明显，莫兹格里亚科夫捣了很大的鬼，事情显得脱离了玛丽雅·亚历克山德罗夫娜的掌握，可是从公爵的脸上什么也看不出来。他同不久以前、同往常一模一样。

"哎呀，我的天哪！公爵终于来啦！我们等了您好久啦。"几位太太喊道。

"等得着急呀，公爵，真着急呀！"另外的几位太太尖声地喊道。

"这使我感到非常荣——幸。"公爵口齿不清地说道，坐到一张桌子跟前，桌上的茶炊正在沸腾。太太们立刻围拢在他的周围。玛丽雅·亚历克山德罗夫娜身旁只剩下了安娜·尼古拉耶夫娜和纳塔丽雅·德米特利耶夫娜。阿法纳西·马特维伊奇恭敬地微笑着。莫兹格里亚科夫也在微笑着，并以挑衅的神气瞅着齐娜；而齐娜根本不理睬他，走到父亲跟前，坐在他身边靠近壁炉的一把椅子上。

"哎呀，公爵呀，听说，您要离开我们啦，这是真的吗？"菲莉萨塔·米哈依洛夫娜尖声尖气地说道。

"是啊，女士们，要走啦。我想立——刻到国——外去。"

"到国外去，公爵，到国外去！"大家齐声喊叫起来，"您怎么忽然起了这个念头呢？"

"到国外去，"公爵修饰着自己，肯定地说道，"而且，您听我说，为了新思想，我特别想到那儿去。"

"为了新思想，这是怎么回事？这是什么意思？"太太们互相递着眼色，说道。

"是啊，为了新思想，"公爵摆出一副具有极其深刻信念的神态重复道，"大家现在都为新思——想而去。于是我也想得到新——思——想。"

"最亲爱的舅舅，您总不会是想参加共济会分会吧？"

莫兹格里亚科夫插嘴说，显然是想在女士们面前卖弄一下自己说俏皮话的本领和潇洒的态度。

"是啊，我的朋友，你没有说错，"舅舅出人意外地回答道，"很早以前，我的——的——确——确在国外参加过一个共济会分会，而且甚至还满怀急公好义的想法。那时我甚至打算为现——代——教育做许多事情，而且在法兰克福市，本来已经完全决定给予我带到国外去的我的希道尔以自由。可使我感到惊奇的是，他自己从我身边逃跑了。真是一个非常古怪的人。后来我忽然在巴黎碰上了他，穿得挺讲究的，带着连鬓胡子，同一位小姐在林荫道上散步。他瞧了我一眼，点了点——头。而且跟他在一起的那位小姐是那样的活泼，眼睛挺尖的，那样的诱——人……"

"好吧，舅舅！要是您这次再出国的话，那您在这以后就会解放全部农民啦。"莫兹格里亚科夫叫喊道，并放声大笑起来。

"你完全猜——透了我的心思，我亲爱的，"公爵流畅地回答道，"我正是想把他们全都解放了。"

"公爵，您可别那么想，他们会马上全都从您那儿逃走的，到那时，谁向您交租呀？"菲莉萨塔·米哈依洛夫娜喊叫起来。

"当然，全都会逃跑的。"安娜·尼古拉耶夫娜慌张地回答道。

"哎呀，我的天哪！难——道他们真的会逃跑吗？"公爵惊讶地喊道。

"会逃跑的，立刻就会全部逃跑的，把您一人扔下。"纳塔丽雅·德米特利耶夫娜肯定地说道。

"哎呀，我的天哪！好吧，那我就不解放他们。不过，我只是这么说说而已。"

"舅舅，这样更好些。"莫兹格里亚科夫认可地说道。

直到这时，玛丽雅·亚历克山德罗夫娜一直在默默地倾听着，观察着。她觉得，公爵全然把她忘了，这是很不自然的。

"公爵，"她高声地、尊严地开口说道，"请允许我向您介绍我的丈夫，阿法纳西·马特维伊奇。他一听说您在寒舍歇脚，就立刻从乡下专程赶来了。"

阿法纳西·马特维伊奇微笑了一下，并且摆出一副庄重的姿态。他认为，这是在称赞他。

"啊，我很高兴，"公爵说道，"阿——法——纳西·马特维伊奇！请等一等，我有点想——起——来啦。阿——法——纳西·马特维——伊奇。是啊，这就是住在乡下的那位。迷人，迷人，很高兴。我的朋友！"公爵叫道，并转向莫兹格里亚科夫，"这正是那个人，你还记得吧，不久前，挺押韵的那个对仗句。那句话是怎么说的来着？丈夫走进门里，老婆……是啊，到哪个城市去了，反正老婆也出——门了……"

"嘿，公爵，就是这么回事：丈夫走进门里，老婆到特维里；正是去年演员们在我们这儿演过的那出轻喜剧。"菲莉萨塔·米哈依洛夫娜随声附和着说道。

"是啊，正是到特维里，我老是爱——忘。迷人，迷人！这么说，您正是那一位？同您结——识，我特别高兴，"公爵说道，但并没有从座位上起来，只是把手伸给面带微笑的阿法纳西·马特维伊奇，"喂，您的身体可好？"

"嗯……"

"他身体挺好，公爵，挺好。"玛丽雅·亚历克山德罗夫娜急忙回答道。

"是啊，这看得出来，他挺健——康的。而您老是在乡——下吗？嗯，我很高兴。他是那样的红——光——满面，而且老是在乐……"

阿法纳西·马特维伊奇满脸堆笑，点头哈腰，甚至奉承地行着礼。可是在听到公爵的最后一句评语时，忍不住了，而且突然间，无缘无故地、极其愚蠢地扑哧一声笑出了声。大家哄堂大笑起来。太太们满意得尖叫着。齐娜发火了，用炯炯的目光望着玛丽雅·亚历克山德罗夫娜，她也气炸了。该改变话题了。

"公爵，您睡得怎样？"她用甜蜜的嗓音问道，同时用严厉的目光示意阿法纳西·马特维伊奇，让他立刻回到自己的座位上去。

"嘿，我睡得很好，"公爵回答道，"而且，您听我说，还做了一个美——妙的梦，美——妙——的梦！"

"梦！我特别喜欢听人家说梦。"菲莉萨塔·米哈依洛夫娜叫了起来。

"我也是的，很喜欢。"纳塔丽雅·德米特利耶夫娜添了一句。

"一个非——常——美——妙的梦，"公爵面带甜蜜的微笑重复道，"然而这个梦是一个极——大的秘密！"

"怎么，公爵，难道连讲都不能讲吗？这一定是那么一个很奇妙的梦吧？"安娜·尼古拉耶夫娜说道。

"极——大——的秘密。"公爵反复地说道，很快乐地挑逗着太太们的好奇心。

"那么这一定是非常有趣的喽！"太太们嚷嚷着。

"我敢打赌，公爵在梦中跪在那么一位美人的面前，倾诉着爱情！"菲莉萨塔·米哈依洛夫娜高声喊道，"喂，公爵，快坦白吧，准是这么回事！亲爱的公爵，坦白吧！"

"坦白吧，公爵，坦白吧！"从四面响起了一片附和的喊声。

公爵扬扬得意地、陶醉地细听着所有这些叫喊声。太太们的提议极大地满足了他的自尊心，以至于他几乎要垂涎欲滴了。

"尽管我说过，我的梦是一个极大的秘密，"他终于回答道，"但是我不得不承认，您，太太，使我很惊奇，几乎完——全——猜——对了。"

"猜对了！"菲莉萨塔·米哈依洛夫娜高兴地叫道，"讲吧，公爵！现在，不管您认为怎样，您应该向我们公开，您的这位美人是谁?"

"一定得公开！"

"是不是本地的?"

"可爱的公爵，公开吧！"

"宝贝儿公爵，公开吧！哪怕您会死掉，也得公开！"喊声四起。

"女士们，女士们……假如诸位那样坚——决——地想知道，那我只有一点可以向诸位公开，这是我所认识的所有姑娘当中最——迷——人的和——可以说——最——无——瑕的一位。"完全酥软了的公爵吞吞吐吐地说道。

"最迷人的！而且还是……本地的！这究竟是谁呢?"太太们意味深长地互相挤眉弄眼，问道。

"自然是这里被公认为第一流美女的人喽。"纳塔丽雅·德米特利耶夫娜搓着自己红润的大手，用她那猫一般的眼睛瞅着齐娜说道。大家也随她一起瞅着齐娜。

"公爵，这究竟是怎么回事，既然您做了这样的梦，那您干吗不真的结婚呢?"菲莉萨塔·米哈依洛夫娜用寓意颇深的目光瞅着大家问道。

"我们会让您美美地结婚的！"另一位太太应声说道。

"可爱的公爵，结婚吧！"第三位太太尖声地说道。

"结婚吧，结婚吧！"从四面响起了一片喊声，"干吗不结婚呢?"

"是啊……干吗不结婚呢?"被所有这些喊声弄糊涂了的公爵也随声附和道。

"舅舅!"莫兹格里亚科夫高声叫道。

"是啊,我的朋友,我明——白——你的意思!女士们,我正想告诉诸位,我已经不能够再结婚了,而且在我们极可爱的女主人这里度过一个美好的夜晚之后,我明天就要到小修道院去探望修士司祭米萨伊尔,然后就直接到国外去,为了更便于考察欧——洲的教——育。"

齐娜的脸色唰的一下变得惨白,带着难以形容的忧郁望着自己的母亲。但是玛丽雅·亚历克山德罗夫娜已经下定了决心。直到现在,她只是在等待时机,试探虚实,虽然已经明白,事情太糟了,她的仇人们在这条道上远远地超过了她。最后,她完全明白了,并决心一下子、一拳头砸烂面前这条百头毒蛇。她威严地从椅子上站起来,以坚定的步伐走到桌子跟前,以骄傲的目光打量着她的这些微不足道的敌手。在这目光中闪烁着灵感的火星。她下定决心要打败所有这些恶毒的挑拨是非的人,把她们打得晕头转向,把坏蛋莫兹格里亚科夫像蟑螂一样捻死,并且用坚决果敢的一击重新夺回全部失去的自己对白痴公爵的影响。自然,这需要非凡的胆量,而对于玛丽雅·亚历克山德罗夫娜来说,胆量是现成的!

"女士们,"她带着尊严,庄重地(玛丽雅·亚历克山德罗夫娜从来特别喜欢庄重)开口说道,"女士们,我长时间地倾听着各位的谈话、各位快乐和俏皮的玩笑，并且认为我该发表自己的意见了。各位知道，大家在这里聚会，这纯粹是偶然的（而我对此十分高兴，十分高兴！）……我从来不打算超越最通常的体面感的要求，事先第一个说出和泄露重要的家庭秘密。尤其要请我可爱的客人原谅；但是我认为，他本人用对同一事情的轻微暗示向我示意：对于正式地和郑重地宣布我们的家庭秘密一事，他不仅不会感到不愉快，而且甚至他很愿意这样透露……对吧，公爵，我没有说错吧？"

"是啊，您没有说错……而且我非常高兴……"公爵全然摸不着头脑地说道。

玛丽雅·亚历克山德罗夫娜，为了加强效果，停下来喘了一口气，环视了一下全体来宾。所有的客人都怀着贪婪和不安的好奇心仔细地听着她的话。莫兹格里亚科夫颤抖了一下；齐娜红着脸，从椅子上欠了欠身子；阿法纳西·马特维伊奇在等待着某件不寻常的事情，为了以防万一，把鼻涕擤了出来。

"是的，女士们，我很高兴地准备把我的家族秘密信赖地告诉各位。今天，午饭后，由于公爵对我女儿的美貌和……品德十分艳羡，赐予她以求婚的荣幸。公爵！"她用由于泪水和激动而发颤的声音最后说道，"可爱的公爵，您不应当，您不能够因我不知谦虚而生我的气！只有极大的家庭喜事，才能把这一可喜的秘密过早地从我的心窝里掏出来，而且……有哪一个做母亲的在这种情况下能够责备我呢？"

我找不到词句来描写玛丽雅·亚历克山德罗夫娜的这种突然的、越乎常规的举动所产生的效果。大家似乎被惊呆了。居心险恶的客人们本想拿她们已经知道她的秘密来吓唬玛丽雅·亚历克山德罗夫娜，本想来个先发制人，拿这个发现了的秘密来置她于死地，本想暂且单凭一些暗示就把她弄得痛苦不堪，然而她们自己反被这种大胆的坦率弄得张皇失措了。这种无所畏惧的坦率行为本身就标志着力量。"原来，公爵的确是自愿同齐娜结婚的？原来，并没有引诱他，并没有把他灌醉，并没有欺骗他？原来，并不是用阴谋诡计强迫他结婚的？原来，玛丽雅·亚历克山德罗夫娜是谁也不怕的？原来，既然公爵并不是被迫结婚，那就无法破坏这个婚姻啦？"响起了一阵短暂的私语声，这阵私语声突然变成了尖叫的欢呼声。第一个跑上去拥抱玛丽雅·亚历克山德罗夫娜的是纳塔丽雅·德米特利耶夫娜，接着是安娜·尼古拉耶夫娜，随后是菲莉萨塔·米哈依洛夫娜。大家从自己的座位上跳了起来，全都乱作一团。许多太太气得面色苍白。人们开始向不好意思的齐娜道喜，甚至阿法纳西·马特维伊奇也没有被放过。玛丽雅·亚历克山德罗夫娜姿势优美如画地伸出臂膀，并且几乎是强制地把自己的女儿搂在怀里。只有公爵十分惊奇地望着这全部情景，虽然仍像先前一样在微笑着。不过，这情景也使他有点高兴。在母亲和女儿拥抱的时候，他掏出手帕，擦了擦他那闪出一滴泪珠的眼睛。自然，大家也拥向他，向他道喜。

"公爵，恭喜，恭喜！"从四面响起了喊声。

"那么，您要结婚啦？"

"那么，您真的要结婚啦？"

"可爱的公爵，那么，您就要结婚啦？"

"是啊，是啊，"对祝贺和欢乐感到非常满意的公爵回答道，"而且，向各位说老实话，我最喜欢的是各位对我的亲切的同——情，这是我永——远忘不了的，永——远——忘不了的。迷人！迷人！各位甚至使我感动得落——泪……"

"吻我吧，公爵！"菲莉萨塔·米哈依洛夫娜比大家叫得更欢。

"而且，向各位说老实话，"被四面的话语连连打断的公爵继续说道，"我特别感到惊奇的是，我们可——敬的女主人玛丽雅·伊万——诺夫娜，以那样非——凡——的聪慧猜中了我的梦。完全好像不是我，而是她亲自做了这个梦。多么非——凡的聪慧啊！多么非——凡——的聪慧啊！"

"哎呀，公爵，您怎么又扯起梦来了？"

"您可得坦白呀，公爵，坦白呀！"大家围着他叫嚷道。

"对，公爵，不要隐瞒了，该公开这个秘密了，"玛丽雅·亚历克山德罗夫娜坚决地、严厉地说道，"我理解您那微妙的比喻，您那迷人的委婉，您竭力用它来暗示我，表示您愿意宣布您的求婚。是的，女士们，这是真的：今天公爵跪在我女儿的面前，并且是真实的，而不是在梦中，向她郑重求婚。"

"完全仿佛是真的，而且甚至连那些情——节——也一模一样，"公爵肯定地说道，"小姐，"他非常客气地转向由于吃惊尚未清醒过来的齐娜，"小姐！我发誓，假如不是别人在我之前喊出您的名字，我永远不敢喊它。这是一个美——妙的梦，美——妙——的梦，而我更为幸福的是，使我现在能够向您说出这一点。迷人！迷人！"

"可是，得了吧，这是怎么啦？他老是在说什么梦啊梦的。"安娜·尼古拉耶夫娜对心神不安、脸色略微有些发白的玛丽雅·亚历克山德罗夫娜低声说道。唉！就是没有这些警告，玛丽雅·亚历克山德罗夫娜也早已够心烦意乱的了。

"这是怎么啦？"太太们面面相觑地在窃窃私语。

"公爵，您怎么这样，"玛丽雅·亚历克山德罗夫娜撇着嘴苦笑着，开口说道，"我肯定地对您说，您使我很吃惊。您老是在谈梦，您的这个古怪的想法是怎么回事呀？我老实告诉您，我直到现在一直认为，您是在开玩笑，然而……假如这是个玩笑，那这可是一个很不恰当的玩笑……我希望，我宁愿把这看成是您的心不在焉，然而……"

"不错，这也许是由于他的心不在焉。"纳塔丽雅·德米特利耶夫娜低声埋怨地说道。

"是啊……也许，这就是由于心不——在焉，"公爵承认道，但仍然不十分清楚大家要他干什么，"而且，竟会有这样的事，我现在给各位讲一个笑——话。在彼得堡，把我叫去参加一个葬——礼，到那么一个人家去，小市民的、然而是正派的人家，① 而我却给弄混了，以为是去参加命名日。可是命名日早在上一周就已经过——了。我给过命名日的女人准备了一束山茶花。我正往里走着，而我看见什么了？一位可敬的、庄重的人躺在桌子上 ②，于是我大吃——惊。我简直不知道带着这束花——往哪里躲好。"

"可是，公爵，问题不在于说笑话！"玛丽雅·亚历克山德罗夫娜懊丧地打断了他的话，"当然，我女儿用不着去追求未婚夫，可是不久前，您，您亲自在这儿，就在这架钢琴旁边，曾向她求婚。我并没有让您这样做……这件事，可以说，使我很吃惊……自然，我只是闪过一个念头，而且我就把这一切搁在一边，等您醒来再说。可是我是母亲，她是我的女儿……您刚才亲口在谈论什么梦，于是我认为，您想用比喻的方式说明您的订婚。我

----

① 原文为法语。
② 俄俗，死人停放在餐桌上。

十分清楚，也许有人把您给弄糊涂了……我甚至意料到，这人是谁……可是……公爵，解释清楚吧，快一点，令人比较满意地解释清楚吧。不能这样拿一个高尚人家开玩笑……"

"是啊，不能这样拿一个高尚人家开玩笑。"公爵不知不觉地随声附和道，但是已经开始有些不安了。

"可是，公爵，这并没有答复我的问题。我请求您肯定地回答，您得承认，马上就在这里，当着大家的面承认，您不久前曾向我女儿求过婚。"

"是啊，我准备承认。不过，这一切我都说过了，而且菲莉萨塔·雅柯夫列夫列娜已经完全猜中了我的梦。"

"不是梦！不是梦！"玛丽雅·亚历克山德罗夫娜怒吼起来，"不是梦，这是真的，公爵，是真的，您听见没有，是真——的！"

"是真的！"公爵感到惊讶，从椅子上站起来，喊道，"喂，我的朋友！你刚才的预言真说对了！"他面向莫兹格里亚科夫加了一句，"然而，可敬的玛丽雅·斯杰潘诺夫娜，我肯定地对您说，您弄糊涂了！我满有把握，我只是在梦中梦见了这件事！"

"哎哟，我的老天爷！这简直不像话呀！"玛丽雅·亚历克山德罗夫娜大叫起来。

"玛丽雅·亚历克山德罗夫娜，您别太难过了，"纳塔丽雅·德米特利耶夫娜劝慰道，"也许，公爵糊里糊涂地给忘了。他会想起来的。"

"纳塔丽雅·德米特利耶夫娜，您真使我奇怪，"玛丽雅·亚历克山德罗夫娜气忿地反驳道，"难道这样的事会忘记吗？难道这可以忘记吗？公爵，那可不行！您是不是在耍笑我们？或者也许您硬要把自己装扮成一个像大仲马所描写的法国摄政时期的那类花花公子？像费尔拉库尔[①]、洛江那号人物？然而姑且不谈，您的岁数不相当，而且我肯定地对您说，您这是办不到的！我女儿不是法国的子爵夫人。不久前，在这儿，就在这儿，她给您唱歌，而您，被她的歌唱所陶醉，跪下来向她求婚。难道我在做梦？难道我在睡觉？公爵，您说吧：我是不是在睡觉？"

"是啊……可是，不过，也许，不是的……"惊慌失措的公爵回答道，"我想说，我现在，似乎，不是在做梦。您瞧，我先前是在做梦，而由于做梦，在梦中……"

"哎呀呀，我的天哪，这是怎么回事呀：一会儿不是做梦，一会儿又是做梦，做梦——又不是做梦！鬼知道这是怎么回事！公爵，您是不是在说梦话？"

"是啊，鬼知道……不过，我，似乎，现在已经完全糊涂了……"公爵说道，用惊慌的目光向四周张望着。

"当我向您那样详详细细地叙述您自己的梦时，而您还

---

① 源自法语 faire la cour，意思是：好献殷勤的人。

没有向我们当中任何人谈到它——这您怎么可能是在做梦呢？"玛丽雅·亚历克山德罗夫娜万分悲痛。

"可是，也许，公爵已经对谁讲过了。"纳塔丽雅·德米特利耶夫娜说道。

"是啊，也许，我对谁讲过。"完全张皇失措的公爵承认道。

"这真可笑啊！"菲莉萨塔·米哈依洛夫娜对邻座的女客低声说道。

"哎哟，我的天哪！这谁也受不了啊！"玛丽雅·亚历克山德罗夫娜叫嚷着，气急败坏地使劲拧自己的手，"她给您唱歌，唱歌来着！难道连这您也是在做梦？"

"是啊，的确似乎是唱歌来着。"公爵沉思地嘟囔道，忽然某个回忆使他的面部表情活跃起来。

"我的朋友！"他面向莫兹格里亚科夫大叫起来，"我刚才果然忘记告诉你了，确实有过那么一首歌，在这首歌中尽是些城——堡啊，城堡，于是有很多很多的城堡，后来还有那么一个抒情——诗人！是啊，这我全都记得……于是我就哭了。可是现在我就为难了，事实上的确有过那么回事，而不是在做梦……"

"舅舅，我对您说实在的，"莫兹格里亚科夫回答道，虽然他的声音由于某种惊惶而发抖，但是他还是尽可能地保持镇静，"我对您说实在的，我觉得这一切很好解决和协调。依我看，您的确听了歌唱。齐娜伊达·阿法纳西耶夫娜唱得挺美。午饭后，把您领到这儿，接着齐娜伊达·阿法纳西耶夫娜给您唱了一首歌。我当时不在，然而您大概深受感动，想起了当年；兴许，想起了那位子爵夫人，就是您自己曾经同她一起唱过歌，您早上还亲口对我们说过的那位子爵夫人。嗯，而后来呢，当您躺下睡觉的时候，由于愉快的印象，您就做了一个梦，梦见您产生了爱情，并且在求婚……"

玛丽雅·亚历克山德罗夫娜简直被这种混账话惊呆了。

"嘿，我的朋友，的确就是这么回事，"公爵非常高兴地大叫起来，"正是由于愉快的印象！我的——确记得怎么给我唱歌来着，而我由于这个缘故，在梦里就想结婚了。连子爵夫人也是有的……哎呀，我亲爱的，你是多么聪明地把这事弄得一清二楚啊！好啦！我现在满有把握，这一切都是在做梦！玛丽雅·瓦西里耶夫娜！我肯定地对您说，您弄错了！这是在做梦。要不然，我是不会戏弄您的高尚感情的……"

"啊！现在我看清楚了，是谁在这里捣鬼了！"玛丽雅·亚历克山德罗夫娜转向莫兹格里亚科夫，不禁狂怒地喊道，"原来是您，先生，您这个寡廉鲜耻的人，这全都是您干的！您由于自己遭到拒绝，就把这个不幸的白痴给搅糊涂了！可是你这个卑鄙的家伙，为了这场耻辱，你要偿还我的！你要偿还，你要偿还，你要偿还的！"

"玛丽雅·亚历克山德罗夫娜，"莫兹格里亚科夫喊道，脸红得像煮过的虾一样，"您把话说到哪儿去了……我简直不知道，您把话说到哪儿去了……没有一位上流社会的太太竟能这样放任自己……我至少是在保护我的亲戚。您自己得同意，引诱得够呛……"

"是啊，引诱得够呛……"公爵随声附和地跟着说道，竭力把身子往莫兹格里亚科夫背后藏。

"阿法纳西·马特维伊奇！"玛丽雅·亚历克山德罗夫娜用一种不自然的声音尖叫了一声，"难道您没有听见，人家是怎样在欺侮和凌辱我们的？难道您就一点责任也没有了？难道您真的不是一家之主，而是一个可恶的木头橛子？您干吗只是眨巴着眼睛？要是别的男人早就已经用鲜血洗刷自己家庭的耻辱了！……"

"妻呀！"阿法纳西·马特维伊奇因为用得着他而感到自豪，于是他傲然地开口说道，"妻呀！你是不是当真在做梦，梦见这一切，可是后来你一醒来，就把这一切给弄混了，照自己的意思去……"

然而阿法纳西·马特维伊奇注定不能说完他那巧妙的推测。在这以前，客人们还能克制自己，并且狡猾地装出那么一副彬彬有礼的庄重的样子。可是到这个时候，完全无法抑制的笑声，一起高声地迸发出来，充满了全屋。玛丽雅·亚历克山德罗夫娜忘记了一切礼貌，正要冲向自己的丈夫，大概是想要立刻抠出他的眼睛。可是她被强拉住了。纳塔丽雅·德米特利耶夫娜趁机又加了一滴毒药。

"哎呀，玛丽雅·亚历克山德罗夫娜，也许当真就是这么回事，而您却在拼命折磨自己。"她用最甜蜜的声音说道。

"怎么回事？什么事？"玛丽雅·亚历克山德罗夫娜还没有完全弄明白，喊道。

"哎呀，玛丽雅·亚历克山德罗夫娜，要知道，这是常有的事……"

"什么常有的事？您是不是想要折磨我？"

"也许，您当真做梦梦见这件事。"

"做梦？我？做梦？您也竟敢当面对我说这话？"

"那又有什么，也许，当真就是这么回事。"菲莉萨塔·米哈依洛夫娜回答道。

"是啊，也许当真就是这么回事。"公爵也低声地说道。

"连他，连他也这么说！哎哟，我的天哪！"玛丽雅·亚历克山德罗夫娜扬起手来拍了一下，喊道。

"玛丽雅·亚历克山德罗夫娜，您何必那样难过呢？您要想一想，梦是老天爷赐给的。既然老天爷想怎么着，那谁也没有办法，一切只好听天由命啦。这样也就没有什么可生气的了。"

"是啊，没有什么可生气的。"公爵附和着说道。

"你们是不是拿我当疯子了？"玛丽雅·亚历克山德罗夫娜气得上气不接下气，勉强说出这么一句话。这已经不是人所能忍受的了。她急忙找到一把椅子，就晕倒了。引起了一片慌乱。

"她这是由于面子才晕倒的。"纳塔丽雅·德米特利耶夫娜对安娜·尼古拉耶夫娜小声说道。

然而就在这个时刻，正当大家感到非常困惑和整个场面十分紧张的时候，一个直到现在一直保持沉默的人突然出现了，于是整个场面立刻大为改观……

十四

大体上说，齐娜伊达·阿法纳西耶夫娜是一位性格十分富于幻想气质的女子。我们不知道，是不是由于像玛丽雅·亚历克山德罗夫娜硬说的那样，她同"自己的那位教书匠"读莎士比亚"这个傻瓜"的书读得太多了，然而，齐娜在她的整个莫尔达索夫生活过程中，还从来没有容许自己做出像我们现在将要描写的那种富于浪漫主义色彩的，或者不如说是英雄的行为。

她面色苍白，目光坚定，但是激动得几乎发抖，在愤怒中显得格外美丽，走上前去。她用长时间的、挑战似的目光环视着大家，在这种突如其来的寂静中转向母亲；而她母亲在她刚刚行动的时候，立刻就苏醒过来，并睁开了眼睛。

"妈妈！"齐娜说道，"干吗要欺骗呢？干吗还要用谎话来玷污自己呢？现在一切已经弄得那样肮脏，说实在的，根本不值得低三下四地费那份劲去掩饰这种肮脏了！"

"齐娜！齐娜！你怎么啦？你放明白点！"惊恐的玛丽雅·亚历克山德罗夫娜从椅子上跳了起来，喊道。

"妈妈，我对您说过，我事先就对您说过，我受不了这种种羞辱，"齐娜继续说道，"难道非要更加低三下四，更加玷污自己吗？可是，妈妈，您要知道，我将承担一切，因为我的过错比谁都大。是我，是经过我的同意，才发生这种肮脏的……勾当的！您是母亲，您疼爱我，您想按照您的方式，按照您的见解来安排我的幸福。您还是情有可原的；而我，我才是永远不可饶恕的！"

"齐娜，难道你要说出来？啊，天哪！我过去就预感到，这把匕首准要插到我的心上！"

"是的，妈妈，我全都要说出来！我蒙受了耻辱，您……我们都蒙受了耻辱！……"

"齐娜，你说得太过分了！你疯了，你不知道你在说些什么！而且干吗要说呢？这毫无意义……不是我们可耻……我马上来证明，不是我们可耻……"

"不，妈妈，"齐娜以充满愤恨的颤抖的声音喊道，"我不想在这些人面前继续沉默下去了，我蔑视她们的意见，她们是来嘲笑我们的！我不愿意受到她们的羞辱，她们当中没有一个人有权往我身上扔脏东西。她们全都会立刻做出比我或您坏到三十倍的事情来！她们胆敢，她们能够做您的裁判吗？……"

"这真妙啊！简直是胡说八道！真不像话！这是在欺侮我们！"从四面响起了一片吵嚷声。

"说真的，连她自己都不知道她说的是什么。"纳塔丽雅·德米特利耶夫娜说道。

我们顺便说一句，纳塔丽雅·德米特利耶夫娜的话是公道的。假如齐娜不认为这些太太有资格指摘自己，那干吗开始对她们讲话时要来那么一段说明、那么一段自白呢？总之，齐娜伊达·阿法纳西耶夫娜过于急躁了。这就是莫尔达索夫最有头脑的人事后发表的意见。一切都可以挽回嘛！一切都可以妥善解决嘛！老实说，连玛丽雅·亚历克山德罗夫娜本人在这天晚上也由于操之过急和骄傲自大而把自己的事情搞糟了。只要把这个白痴老头揶揄一番，接着把他赶出去也就行啦！可是齐娜，好像故意似的，违背正常的思维和莫尔达索夫的智慧，转向了公爵。

"公爵，"她对老头说道，而老头出于敬意从椅子上欠了欠身，此刻，齐娜使他大吃一惊，"公爵！请原谅我，原谅我们！我们欺骗了您，我们引诱了您……"

"你还不给我住口，可恶的东西！"玛丽雅·亚历克山德罗夫娜狂怒地大声喝道。

"太太！太太！我迷人的孩子……"十分惊慌的公爵喃喃地说道。

然而齐娜那高傲的、容易冲动的和极其富于幻想的性格，在这时已经使她不顾现实所要求的一切礼节。她甚至忘记了由于她的坦白而抖作一团的母亲。

"是的，我们俩欺骗了您，公爵。妈妈存心要逼您娶我，而我却同意了这件事。用酒把您灌醉，我同意唱歌，并在您面前矫揉造作。而您——软弱无力，无法自卫，像巴维尔·亚历克山德罗维奇所说的那样，被诈骗，因您的财富，因您的公爵身份而受到诈骗。这一切都是非常卑鄙的，而且我为此感到后悔。可是，公爵，我向您发誓：我下决心干这种下流事，并不是出于卑鄙的动机。我是想……可是我又算得了什么呢？在这种事情上为自己辩解，更加卑鄙！可是，公爵，我向您声明，假如我一旦从您那里拿了点什么东西的话，那我将为此而做您的玩偶、仆人、舞女、奴隶……我既然发了誓，我就要对我的誓言恪守不渝！……"

这时，强烈的抽噎使她停了下来。所有的客人仿佛是发呆了，瞪着眼睛在听着。齐娜的这种出人意外的、为她们所完全无法理解的乖戾行为把她们弄糊涂了。唯独公爵被感动得掉下了眼泪，尽管齐娜的话他连一半也没有听懂。

"可是我会同您结婚的，我美丽的孩子，假如您真是那样需——要的话，"他喃喃地说道，"而且这对我来说，将是莫大的荣幸！不过我肯定地对您说，这的确似乎是一个梦……真的，我什么事没有梦见过呢？干吗要那样不——安——呢？我简直似乎一点也不明白，我的朋友，"他转向莫兹格里亚科夫，继续说道，"请——你——给我解释一下吧……"

"而您，巴维尔·亚历克山德罗维奇，"齐娜也转向莫兹格里亚科夫，紧接着说道，"您，这个我曾经一度本想看作我未来的丈夫的人，您，这个现在如此残酷地对我进行报复的人，难道您竟然也凑到这一伙人里边，来折磨我和侮辱我？而且您还说什么您爱我！可是我不能教训您！我比您的过错更大。我令您受辱，因为我的确用许诺迷惑过您，而且我不久前的那些论证全是谎话和骗人的花招！我从来就不爱您，而且即使我打算嫁给您，那唯一的目的也只不过是想随便去个地方，好离开这里，离开这个可恶的城市，不再闻到所有这些臭气……可是，我向您发誓，我若是嫁给您的话，我会成为您的贤惠的、忠实的妻子……您残酷地报复了我，而且假如这能使您的自尊心得到满足的话……"

"齐娜伊达·阿法纳西耶夫娜！"莫兹格里亚科夫大声喊道。

"假如您直到现在还对我怀恨的话……"

"齐娜伊达·阿法纳西耶夫娜！！"

"假如您曾经，"齐娜忍着泪水继续说道，"假如您曾经爱过我的话……"

"齐娜伊达·阿法纳西耶夫娜！！！"

"齐娜，齐娜！我的女儿啊！"玛丽雅·亚历克山德罗夫娜悲痛地号叫道。

"齐娜伊达·阿法纳西耶夫娜，我是个无赖，我是个十足的无赖！"莫兹格里亚科夫喊道。于是全场轰动起来，响起了一片惊讶、愤怒的呼喊声，而莫兹格里亚科夫忽然大脑一片空白，说不出一句话，像一只木鸡似的呆呆地站在那里。

对于性格软弱、思想空虚的人来说，他们习惯于经常服从别人，即使他们终于下定决心要发怒和抗议。一句话，要成为坚定的和矢志不渝的人，总是存在着这样一个特点：他们的坚定性和矢志不渝是很有限度的。一开始，他们的抗议往往是极其强烈的；他们的这股劲甚至达到发狂的地步，似乎是眯缝着眼睛冲向障碍，而且总是几乎不自量力地把重担挑在自己的肩上。可是，达到一定程度的时候，这个发狂的人突然间仿佛是自动害怕起来，想着一个可怕的问题："我这干的是什么呀？"于是惊慌失措地停了下来，然后马上蔫了，嘤嘤地啜泣着，要求解释误会，下跪求饶，恳求一切照旧，只是要快一点，尽可能地快一点！……现在，莫兹格里亚科夫所发生的情况几乎也是这样。他失去控制，勃然大怒，胡言乱语，闯下了祸，在怒气发泄、自尊心得到满足之后，就把这一切完全归咎于自己一人，而且为此痛恨自己，深受良心的责备，在齐娜出人意外的反常行为面前突然停止下来。她最后的几句话把他彻底打垮了，霎时间从一个极端跳到另一极端。

"我是一头驴，齐娜伊达·阿法纳西耶夫娜！"他怀着极其懊悔的情绪叫道，"不！驴怎么啦？驴并没有什么！我比驴坏得多！可是我要向您证明，齐娜伊达·阿法纳西耶夫娜，我要向您证明，连驴都能成为高尚的人！……舅舅！我骗了您！是我，是我，是我欺骗了您！您没有睡觉，您的确、当真求过婚，而我，我这个无赖，由于遭到拒绝，企图报复，硬要使您相信，您这一切全是在做梦。"

"多么有趣的事啊。"纳塔丽雅·德米特利耶夫娜对安娜·尼古拉耶夫娜悄悄说道。

"我的朋友，"公爵答道，"请——安——静，你的这种叫声，说真的，可把我给吓坏了。我老实告诉你，你——错——了……看来，我准备结婚，如果真是那么必——要的话；可是，要知道，你亲自使我相信，这只是在做梦……"

"啊，我怎样才能说服您呢？教教我吧，现在我怎样才能说服您啊！舅舅，舅舅！这可是重大的事情，关系到家庭名誉的极其重大的事情！请您考虑考虑吧！想一想吧！"

"好吧，我的朋友，我想——————想。别忙，让我从头——想起吧。开头，我看见了车夫费——奥——菲——尔……"

"唉！舅舅，现在可顾不上费奥菲尔了！"

"是啊，假定说，现在顾不上他。后来，是拿——破——仑，再后来，似乎我们在喝茶，接着来了一位太太，把我们的糖全吃光了……"

"可是，舅舅，"莫兹格里亚科夫一时脑子糊涂起来，说走了嘴，"这是玛丽雅·亚历克山德罗夫娜不久前亲口对您讲的关于纳塔丽雅·德米特利耶夫娜的那件事啊！要知道，我当时也在场，这是我亲耳听见的！我藏了起来，从门缝里瞧着你们……"

"怎么着，玛丽雅·亚历克山德罗夫娜！"纳塔丽雅·德米特利耶夫娜抢着说道，"您居然能对公爵说，我在您家从糖罐里偷了糖！这么说，我到您家是为了偷糖来了！"

"给我走开！"玛丽雅·亚历克山德罗夫娜开始喊道，她已经被弄到绝望的地步了。

"不，我不走开，玛丽雅·亚历克山德罗夫娜，您怎么敢这样说呢？哦，这么说，我偷了您的糖？我早就听说过，您在给我散布这些不三不四的话。索菲娅·彼特罗夫娜一五一十地告诉了我……我居然会偷您的糖？……"

"可是，女士们，"公爵开始喊道，"要知道，这只不过是做梦罢了！真的，我什么事没梦见过呢？……"

"可恶的小木桶！"玛丽雅·亚历克山德罗夫娜低声嘟哝道。

"怎么，我还是个小木桶，"纳塔丽雅·德米特利耶夫娜尖声喊道，"那您是个什么呢？我早就知道，您叫我小木桶！我，至少，我还有个丈夫，而您呢，只有个傻瓜……"

"是啊，我记得，还有小木桶，"公爵忆起不久前同玛丽雅·亚历克山德罗夫娜的谈话，不知不觉地唠叨了一句。

"怎么，您也学着样儿骂起贵妇人来了？公爵，您怎么敢骂一位贵妇人呢？我要是个小木桶，那您就是个缺腿的……"

"您指的是谁？说我是个缺腿的？"

"是的，缺腿的，而且还是个没牙的，您就是这么个玩意儿！"

"而且还是个独眼龙！"玛丽雅·亚历克山德罗夫娜喊叫起来。

"您是用紧身带代替肋骨的。"纳塔丽雅·德米特利耶夫娜补充说道。

"脸是用弹簧绷着的！"

"连自己的头发都没有！……"

"而且这个傻瓜的胡子也是假的。"玛丽雅·亚历克山德罗夫娜证实地说道。

"至少把鼻子给我留下吧，玛丽雅·斯杰潘诺夫娜，这可是真——的！"被这番突如其来的揭露弄得十分惊愕的公爵喊叫起来，"我的朋友！这是你出卖了我！这是你说出去的，我的头发是假——的……"

"舅舅！"

"不行，我的朋友，我不能再在这儿待下去了！你随便领我到哪儿去吧……这算个什么社会啊！①我的天——哪！你这是把我带到什么地方来了？"

"白痴！无赖！"玛丽雅·亚历克山德罗夫娜骂道。

"我的老天爷呀！"可怜的公爵说道，"我只是有点

---

① 原文为法语。

记——不清，我到这儿来是干吗的？可是我马上会想——起来的。老弟，你随——便——领我到哪儿去吧，要不然会把我撕碎的！何况……我需要立——刻——记下一个新的想法……"

"走吧，舅舅，还不算晚；我马上就带您到旅馆去，而且我自己也跟您一道去……"

"嗯，对，到旅馆去。别了，我迷人的孩子……您一人……只有您一人……是有道德的。您是一位高——尚——的姑娘！咱们走吧，我亲爱的。啊，我的天哪！"

然而我不打算描写公爵走后的那个令人不愉快的场面的收场。客人们连叫带骂地四散了。最后，只有玛丽雅·亚历克山德罗夫娜一人留在她那昔日光荣的废墟和瓦砾之中。唉！势力、声望、荣耀——全都在这一个晚上烟消云散了！玛丽雅·亚历克山德罗夫娜很清楚，她不可能像过去那样东山再起了。她对整个社交界长期的、多年的专制统治崩溃了。她现在还能做些什么呢？——冷静地思考。但是她并没有冷静下来思考一番。她整整一夜都在狂怒。齐娜已经是声名狼藉。流言蜚语无休无止！实在可怕！

我，作为一个忠实的历史学家，应当提及，在这场风波之后，阿法纳西·马特维伊奇的遭遇比谁都惨，他最后躲到那么一个小贮藏室里，在那里一直冻到天明。早晨终于来临，但它也并没有带来任何吉兆。从来都是祸不单行的……

十五

　　命运一旦使某人遭到不幸，那它的打击就会接踵而来，没完没了。这早就是司空见惯的事了。对于玛丽雅·亚历克山德罗夫娜来说，只是昨天的一场羞辱，哪能就算了结！不！命运还给她安排了更多、更好的事呢。

　　还在早晨十点钟以前，全城突然传开了一个奇怪的、几乎难以令人置信的消息，大家都非常幸灾乐祸地对待它，就像我们大家通常对待我们的某个近邻所发生的任何不寻常的丑事那样。人们从四面八方叫嚷道："太不知羞耻了！太下贱、太不成体统了！太放肆了！"以及其他等等、等等。原来是这么一回事：大清早，约莫六点多钟，一个可怜的穷老婆子，悲观失望、满面泪痕地跑到玛丽雅·亚历克山德罗夫娜家里来，恳求女仆尽快唤醒小姐，只要唤醒小姐一人，要悄悄地，设法别让玛丽雅·亚历克山德罗夫娜知道。齐娜脸色苍白、悲痛万分，立刻跑出来见老太婆。后者倒在她的脚前，连连吻她的脚，痛哭流涕，哀求立刻跟她到她那生病的瓦夏那儿走一趟。整夜来，他的病情是那样沉重，那样沉重，恐怕连一天都熬不过去了。老太婆号啕痛哭地对齐娜说，瓦夏本人恳求她看在一切圣天使的情分上，看在往日的情分上，唤她去见最后一面，假如她不来，那他将会绝望地死去。齐娜立刻决定前往，尽管答应这一请求，显然就会证实过去的种种恶毒流言：什么被截获的情书啦，什么她那丢人现眼的行径啦，等等。她没有告诉母亲，披上大衣，立刻就跟老太婆一起走了，穿过全城，来到莫尔达索夫最贫穷的郊区村庄之一，走进一条最偏僻的街道，在那里有一座破旧的、歪歪斜斜的、墙基已经下沉到地里去的简陋房子，有那么几条缝隙代替了窗户，雪堆从四面把它包围起来。

在这座简陋的房子里，在一间矮小的、潮湿发霉的、巨大的炉灶占去了整整一半空间的屋子里，在一张白木板床上，在一条薄得像煎饼似的褥垫上，躺着一个青年人，身上盖着一件旧大衣。他的脸色苍白而疲惫，眼睛闪烁着病态的光辉，手像木棍似的纤细而干枯，他呼吸困难而声音嘶哑。可以看得出来，他曾经是很漂亮的，然而病魔已使他那俊秀的面庞变得十分难看，瞧见这张面孔，就像瞧见任何一个肺痨病人的面孔，或者更确切地说，一个垂死的人的面孔一样，使人感到可怕和难受。他的老母亲成年累月，几乎直到最后的时刻，一直在盼望着自己的瓦夏能够恢复健康，可是她终于看出，他活不长了。她现在交叉着双手，眼泪干枯，万分悲痛地伫立在他的面前，老是瞅着他，瞅个不够，而且她虽然明明知道，但总是不能理解，再过几天，她最心爱的瓦夏，将要在那里，在那雪堆的下面，在那凄凉的坟地里，被冻土埋葬。可是瓦夏这时并没有看她。现在，他那消瘦的、痛苦的脸上露出幸福的神色。他终于在自己的面前看到了那位在整整一年半的时间里，在他卧病的痛苦的漫漫长夜里，朝思暮想、梦寐以求的人。他明白：在这临死的时刻，她像天使那样来到他的跟前，这就是说，她已经宽恕了他。她握着他的双手，为他哭泣，向他微笑，又用她那双美妙的眼睛瞧着他，于是，于是以往的、一去不复返的一切，又在这垂死的病人心里复活了。生命在他的心中重新燃起了火光，而且这生命仿佛是在离开他之前，想使受难者感到同它分别是多么的痛苦。

　　"齐娜，"他说道，"齐诺琪卡！别为我哭泣，别伤心，别难过，别让我想起我很快就要死去。我要瞧着你，就像现在这样瞧着你；我将感到，我们的心又在一起了，你饶恕了我；我要再像从前那样吻着你的手，而且，或许，会在没有注意到死神降临的情况下死去！齐诺琪卡，你瘦了！我亲爱的，你现在是多么善良地瞧着我啊！可是你还记得吗？你从前是多么的爱笑啊！记得吧……唉，齐娜，我并不请求你宽恕；过去的事，我连想都不愿意去想它，因为，齐诺琪卡，因为即便你，也许，已经宽恕了我，可是我自己永远不能饶恕自己。多少个漫长的夜晚，齐娜，彻底难眠的、可怕的夜晚，就在这些夜晚，就在这张床上，我躺着、想着，长久地反复思量着，并且早已决定，我还不如死了好，说实在的，这样更好些！……我不适合活在人世，齐诺琪卡！"

齐娜在哭泣，默默地紧握着他的手，仿佛想以此来阻止他说下去。

"我亲爱的，你干吗要哭泣呢？"病人继续说道，"是不是因为我要死了？只是因为这个吗？可是要知道，一切其余的东西早就死了，早就埋葬了！你比我聪明，你的心更纯洁，因而你早就知道，我是一个坏人。你怎么可能爱我呢？而且，你知道了我是个坏人，是个头脑空虚的人——这种想法使我特别难受！而在那个时候，又太好面子了，或许，也有高尚的感情……我不知道！唉，我的朋友，我的一生只不过是一场梦幻。我幻想着一切，老是在幻想，而不是在生活；我骄傲，瞧不起人，而我又有什么值得在人面前夸耀的呢？连我自己也不知道。是心地纯洁、感情高尚吗？可是，齐娜，这一切只不过是在幻想中，只是在我们读莎士比亚的时候；而一碰到实际，我就显露出我的纯洁和感情高尚……"

"够了，"齐娜说道，"够了！……这一切并不是那样，你用不着……折磨自己！"

"齐娜，你干吗要阻止我！我知道，你宽恕了我，而且也许早就宽恕了我；可是你评判过我，而且弄清楚了我是怎样一个人；正是这个使我痛苦。齐娜，我不配你爱！实际上，你是忠实的、宽宏大量的。你跑到母亲跟前，对她说，你要嫁给我，不嫁给任何别人，而且你会信守诺言，因为你是言行一致的。而我，我呢？一接触到现实……齐诺琪卡，你知道吧，我当时甚至不明白，你若嫁给我，你要做出多么大的牺牲啊！我甚至不能明白，你若嫁给我，你也许会饿死的。我压根儿就没有往这儿想！而我只是想，你嫁给我，就是嫁给一位伟大的诗人（是指未来的）；不想理会你在请求暂缓结婚时所提出的那些理由，我折磨你，我专横、责备、蔑视，我终于发展到拿这封信来威胁你。在那时，我甚至连一个无赖都够不上。我简直坏透了！啊，你真应当鄙视我！可是，幸亏我要死了！幸亏你没有嫁给我！不然的话，我将一点也不会理解你的牺牲，我将会为我们的贫困而折磨你、虐待你。过上那么几年，会到什么地步？也许会把你看成生活中的累赘而憎恨你。而现在好多了！现在，至少我的痛苦的泪水清洗了我的心田。唉！齐诺琪卡！像从前那样地爱我吧，哪怕只是一点点！哪怕只是在这最后的时刻……我很清楚，我不配你爱，可是……可是……啊，我亲爱的！"

齐娜在倾听这番话的时候，一直在情不自禁地号啕痛哭，几次三番地阻止他。然而他并不听她的。倾诉的欲望折磨着他，于是他不断地说着，尽管很吃力，上气不接下气，嗓音嘶哑哽咽。

"你若是不遇见我，不爱上我，那你就会活下去的！"齐娜说道，"唉，干吗，干吗咱们要碰到一起啊！"

"别这样，我的朋友，别这样，别因为我要死了而责怪自己，"病人继续说道，"这完全是我一个人的过错！那时候太爱面子啦！太富于浪漫主义啦！齐娜，我做的蠢事，别人告诉过你没有？是这么回事，那是在两年以前，这儿有一个囚犯，一个被告人，是一个凶手和杀人犯。可是在临刑前，他原来是一个最胆怯的人。他知道病人是不会拉去处刑的，于是他就弄了一点酒，泡了些烟末在里边，喝下去了。他开始吐血，吐得很凶，而且拖了很久，以致使他的肺受到了损伤。他被送进医院，过了几个月，他因严重的肺痨而死去。就是这样，我亲爱的，在那封信以后，就在当天，我想起了这个囚犯，并拿定主意照这个样子毁掉自己。可是你大概会这样想：我为什么要选择肺痨？我为什么不上吊、不投河自尽？是害怕死得太快吗？也许有那么点，可是，齐娜，不知怎么的，我仿佛总是觉得，即便在这种情况下我也摆脱不掉甜蜜的浪漫主义傻想！我当时毕竟有过这样一个想法，并且认为这将是一幅非常动人的情景：我将躺在床上，因肺痨马上就要死去，而你总觉得是你害我得了肺痨，为此非常痛苦，万分悲伤；你亲自怀着请罪的心情来到我跟前，跪在我的面前……我宽恕了你，在你的怀抱中死去……真愚蠢啊，齐诺琪卡，真愚蠢，不是吗？"

"别提这个了！"齐娜说道，"别说这个了！你不是那样的人！……我们最好还是回忆一下别的，回忆一下我们美好的、幸福的往事！"

"我的朋友，我很痛苦，因此我才谈。一年半我没有见到你了！似乎，这会儿，我把内心里的话一股脑地都掏给了你！要知道，打那时候起，我一直是孤苦伶仃的，而且，似乎，没有一时一刻不在想念着你，我的最最亲爱的！而且，齐诺琪卡，你知道吗？我多么想做点什么，设法弥补一下，以便能够使你改变对我的看法。直到最近我还不相信我会死；要知道，我不是现在才病倒的，我胸部疼痛已经很久了。而且我有过多少可笑的遐想啊！譬如，我幻想自己忽然成为一位最伟大的诗人，在《祖国纪事》上发表了一部世界上前所未有的好诗。我想把我的全部感情、我的整个心灵都倾注在里边，从而不管你在哪里，我总是同你在一起，用我的诗句使你不断地怀念我，而且我最美好的幻想是，你终于沉思起来，并且说：'不！他不是像我想象的那样的坏人！'真愚蠢啊，齐诺琪卡，真愚蠢，不是吗？"

"不，不，瓦夏，不！"齐娜说道。

她依偎在他的怀里，亲吻着他的手。

"在整个这段时间，我却一直是多么嫉妒你啊！我觉得，假如我听到你结婚的消息，我会死的！我暗中派人到你那里监视、探听……就是她一直在去（接着他用头指了一下母亲）。齐诺琪卡，你的确不爱莫兹格里亚科夫，对吧？哦，我亲爱的！在我死了以后，你会想念我吗？我知道，你会想念的；可是日久天长，心就凉啦，变冷啦，内心里一片寒冬，于是你将会忘怀我的，齐诺琪卡！……"

"不，不，永远不会！我不嫁人！……你是我的第一个……永远的……"

"一切都要死的，齐诺琪卡，一切东西，甚至回忆！……连我们的高尚感情也要死的。理智将会取代这些感情。又有什么可抱怨的呢？齐娜，希望你享受生活的乐趣，祝你长寿，祝你幸福。你若是爱上别人的话，就去爱吧，总不能爱一个死人嘛！只是希望你能想起我，哪怕是偶尔的；不要去想旧恶，原谅旧恶吧；何况在我们的爱情中还有过美好的东西，齐诺琪卡！啊，那些美好的、一去不返的时光啊！……你听着，我亲爱的，我素来喜欢那黄昏和晚霞的时刻。不论什么时候，在这个时刻，请你回忆起我吧！啊，不，不！干吗要死呢？啊，我现在多么想重新生活啊！回想一下，我的朋友，回想一下当年的情景吧！那时节，春光明媚，百花盛开，我们周围像节日一般美好……可是眼前啊！你瞧，你瞧！"

接着这位可怜的人儿用枯瘦的手指着那冰冻的昏暗的窗子。随后他抓住齐娜的双手，捂在自己的眼睛上，十分悲伤地痛哭起来。这痛哭几乎要撕碎他那受尽折磨的心胸。

而且整整一天，他都在痛苦着，悲伤着，哭泣着。齐娜竭力地安慰他，然而她的心已经悲痛到了极点。她说，她不会忘怀他，而且永远不会像爱他那样去爱任何人。他相信她，微笑着，吻着她的手，可是对往事的回忆只能使他心如火焚，更加痛苦。整整一天就这样度过了。在这期间，惊恐万分的玛丽雅·亚历克山德罗夫娜十几次打发人来叫齐娜，央求她回家，恳求她不要在公众舆论面前彻底毁掉自己。最后，当暮色已经降临的时候，她吓得不知所措，决意亲自来找齐娜。她把女儿叫到另一间房子里，几乎是跪着乞求她"把这最后的和要命的匕首从她的心上拿开"。齐娜带着病容出来见她，她的头在发烧。她在听，但是没有听懂自己妈妈的话。玛丽雅·亚历克山德罗夫娜终于绝望地离去了，因为齐娜决意要在垂危病人的家里过夜。她整夜没有离开他的病床。然而病人的情况越来越糟。白天又来临了，可是已经不能指望受难者熬过这一天了。老母亲像个疯子似的走来走去，仿佛是什么都不明白，不断地把药递给儿子，而他却不想吃。他拖了很久，没有咽气。他已经不能说话了，从他的胸口吐出来的只是一些断断续续的、沙哑的声音。直到最后时刻，他一直在望着齐娜，用眼睛寻找着她，而且当他目光已经开始暗淡下来的时候，他依然用摇晃不定的手在摸索着她的手，想把它握在自己的手中。而在这个当儿，短促的冬天的白昼过去了。当最后一缕告别的阳光把小屋结冰的唯一窗孔涂上了一层金色时，受难者的灵魂也终于离开了那疲惫不堪的躯体，随着这一缕光线逝去。老母亲终于看到躺在她面前的是她心爱的瓦夏的尸体，她拍打了一下双手，大叫一声，猛扑在死者的胸上。

"是你这条毒蛇把他缠死的!"她绝望地朝着齐娜狂叫起来,"你这可恶的拆散亲人的妖精,你这坏蛋,是你毁了他!"

可是齐娜已经什么也听不见了。她像发呆似的伫立在死人身边。最后,她朝他弯下身去,画了一个十字,亲吻了他,机械地走出了房间。她双眼炯炯发光,头脑昏昏沉沉。痛苦的心情、两个几乎不眠的夜晚,差一点使她失去理智。她模模糊糊地感觉到,她过去的一切仿佛从她的心中离去了,而新的、阴森森的、险恶的生活开始了。然而她还没有走上十步,莫兹格里亚科夫就像是突然从地下钻出来似的出现在她的面前;好像他是故意守候在这个地方的。

"齐娜伊达·阿法纳西耶夫娜,"因为天色还相当的亮,他匆忙打量着周围,用怯懦的低声开始说道,"齐娜伊达·阿法纳西耶夫娜,我,当然,是一头驴!也就是说,也可以说,我现在已经不再是一头驴了,因为,您要知道,我的表现还是高尚的。然而我还是后悔,我曾经是一头驴……我似乎有些颠三倒四,齐娜伊达·阿法纳西耶夫娜,可是……您得原谅,这是由于各种原因造成的……"

齐娜几乎是无意识地瞟了他一眼,一声不吭地继续走自己的路。因为在高高的木人行道上,两人并行太挤,而齐娜又不肯让道,所以巴维尔·亚历克山德罗维奇只好跳下人行道，在下面靠近她跑着，同时不断地打量着她的面孔。

"齐娜伊达·阿法纳西耶夫娜，"他继续说道，"我考虑过，如果您本人愿意，我同意恢复我的求婚。齐娜伊达·阿法纳西耶夫娜，我甚至准备忘却一切，忘却全部羞辱，并准备宽恕，只是有一个条件：当我们暂且还留在这里的时候，一切都要保密。您要尽快地离开这里，我悄悄地跟随您去，我们在某个偏僻的地方举行婚礼，使任何人都瞧不见，然后立刻去彼得堡，哪怕搭乘驿车走也可以，因而您只需随身携带一只小手提箱……怎么样？齐娜伊达·阿法纳西耶夫娜，您同意吗？您快点说！我不能久等，人家会瞧见我们在一起的。"

齐娜并没有回答，只是瞥了莫兹格里亚科夫一眼，然而那样的一瞥使他马上就明白一切了；他摘下帽子，行了个点头礼，就在第一个胡同拐弯处消失了。

他想了想："这究竟是怎么回事？就在两天前的晚上，她还那样地深受感动，并把一切归罪于自己？可见，一天和一天不一样！"

而与此同时，在莫尔达索夫，事件接连不断地出现。发生了一个悲惨状况。被莫兹格里亚科夫送到旅馆去的公爵，当晚就病倒了，而且病情很危险。莫尔达索夫的人们是在第二天早上了解到这一情况的。卡里斯特·斯坦尼斯拉维奇几乎没有离开过病人。傍晚前，所有的莫尔达索夫医生组织了会诊。给他们发出的请帖是用拉丁文写的。然而，尽管是拉丁文，公爵已经完全昏迷，说着谵语，请求卡里斯特·斯坦尼斯拉维奇给他唱一首什么歌，谈着什么假发；有时像是受到惊吓，喊叫着。大夫们断定，莫尔达索夫的殷勤招待使公爵得了胃炎，不知怎么（大概是在路上）转移到头部。而神经震荡也不能排除。结论是：公爵早已具备死亡的因素，因而准死无疑。最后的断语他们并没有下错，因为可怜的老头儿到了第三天将近傍晚的时候就死在旅馆里了。这件事使得莫尔达索夫的居民们大为震惊。谁也没有料到事态会这样急转直下。人们成群结队地拥向旅馆——遗体停放在那里，还没有收殓；他们指摘责骂，料理后事，互相点头，最后是严厉谴责"害死不幸的公爵的凶手"，当然，这是指玛丽雅·亚历克山德罗夫娜和她的女儿。大家都感到，这件事，单就其丑恶而言，就会被不愉快地宣扬，兴许还会传播到很远的地方，而且在流传中说不定还会添油加醋、大肆渲染。整个这段时间，莫兹格里亚科夫手忙脚乱，四处奔跑，而且终于弄得自己头昏脑胀。他正是在这种精神状态中遇见齐娜的。的确，他的处境是很困难的。是他亲自把公爵领进城里，亲自把他送进旅馆的，而现在却不知道该对死者怎么办和在哪里安葬、向谁发出讣告、要不要把遗体运往杜哈诺沃？何况他被认为是外甥。他很担心，怕人家把这位可敬的老人的死归罪于他。他心惊胆战地想着："大概，这件事还会在彼得堡、在上层社会引起反响呢！"莫尔达索夫的人们是不会给他出任何主意的；大家忽然怕起事来，急忙躲开尸体，剩下莫兹格里亚科夫一人在那里独自发愁。但是忽然整个情况又迅速改变了。第二天清晨，城里来了一位客人。莫尔达索夫全城一下子就谈论起这位客人来了，然而这种谈论有点神秘，是在悄悄地谈。当这位客人穿过大直街去拜访省长时，人们从所有的缝隙和窗子里张望着他。甚至连彼得·米哈依洛维奇本人似乎也有点胆怯了，不知道该怎样对待这位来客。这位客人就是相当有名的谢皮季洛夫公爵，死者的亲戚，几乎还很年轻，三十五岁左右，佩戴着上校肩章和绶带。这绶带使得所有官员恐惧非常。譬如，警察局长完全魂飞魄散，当然，这里指的是在精神上，而在肉体上他还是在场的，尽管脸拉长了好多。大家立刻探听到，谢皮季洛夫是从彼得堡来的，顺路到杜哈诺沃拜访，在杜哈诺沃没有碰到任何人，就跟踪舅舅飞快地赶到莫尔达索夫来了。在这里，老人的死亡以及关于他死亡情况的一切详细传闻，像晴天霹雳似的使他大吃一惊。彼得·米哈依洛维奇在做某些必要的说明时，甚至也有些惶恐不安；而且莫尔达索夫城里所有的人看起来都像是有过错似的。何况这位来客的脸色是那样严峻、那样不满，虽然他按道理说对遗产是不会不满意的。他自己立刻亲自着手料理事务；莫兹格里亚科夫在这位真正的、不是冒牌的外甥面前，马上可耻地溜之大吉，消失得无踪无影了。他决定立即将死者的遗体运往教堂，指定就在那里举行安魂祈祷。这位客人的一切吩咐都很简明、冷淡、严格，然而又很有分寸，合乎礼仪。第二天，全城的人都聚集到教堂，参加安魂祈祷。在太太们中间传播着一个怪诞的流言：玛丽雅·亚历克山德罗夫娜将亲临教堂，并将跪在灵柩前面高喊告饶，而且这一切都是理所当然、合乎常情的。自然，这一切只不过是无稽之谈，玛丽雅·亚历克山德罗夫娜并没有去教堂。我们还忘了提及，齐娜刚回到家里，她妈妈在当天晚上立刻决定搬到乡下去，因为她认为继续留在城里是不可能的了。在那里，她从自己的角落里，惴惴不安地仔细聆听着城里的消息，派人去探听这位来客的情况，而且心情一直十分紧张。从教堂去杜哈诺沃的道路在离她乡下宅邸不到一里的地方通过，因而玛丽雅·亚历克山德罗夫娜可以很方便地观察到在安魂祈祷后从教堂朝着杜哈诺沃迤逦而去的长长的送殡行列。灵柩装在高大的灵车上，它的后面跟着一长串马车，把死者一直送到通往城市的岔道口上。这辆阴郁的、带着应有的肃穆气氛的、被缓缓拖曳着的灵车，在白雪皑皑的田野上，还久久地呈现着黑幽幽的颜色。然而玛丽雅·亚历克山德罗夫娜不能长久地看下去了，于是她离开了窗子。

　　过了一周，她带着女儿和阿法纳西·马特维伊奇迁移到莫斯科去了，又过了一个月，莫尔达索夫的人们探听到，玛丽雅·亚历克山德罗夫娜的郊区村庄和城里的住宅正在出售。于是，莫尔达索夫永远失去了这样一位正派的夫人！在这当儿也难免有一些冷言恶语。譬如，有人开始肯定地说，庄子是连同阿法纳西·马特维伊奇一起卖掉的……年复一年，玛丽雅·亚历克山德罗夫娜几乎完全被人们遗忘了。唉！世上的事总是如此！不过，也有人谈道：她给自己买了另外一座村庄，而且迁居到别的省城去了，自然，在那里，她又把大家攥到手心里了。还谈道，齐娜一直到现在还没有嫁人，至于阿法纳西·马特维伊奇……不过，没有必要去重复这些风言风语；所有这些都是非常不可靠的。

我写完莫尔达索夫大事记第一部最后一行已经三年了，而谁又会想到，我不得不又一次打开我的手稿，给我的故事再添补一段新闻。那就言归正传吧！我先从巴维尔·亚历克山德罗维奇·莫兹格里亚科夫说起。他从莫尔达索夫溜走之后，就直接前往彼得堡。在那里，他顺利地得到了早已答应他的那个职位。他很快就忘记了所有的莫尔达索夫事件，立刻又投身于瓦西里耶夫岛和加列尔港 ① 的上流社会生活的旋涡之中，吃喝玩乐，追逐女人，崇尚时髦，谈情说爱，向人求婚，但又碰了一鼻子灰，而且，并没有从中汲取教训，由于他生性轻浮，不甘寂寞，便在一个考察

---

① 两个地方都在彼得堡，帝俄时期是小官吏和小市民居住的地方。在这里是一种讽刺的说法。

团里为自己谋求到一个职位。这个考察团是派往我们辽阔祖国最遥远的边区之一去的，至于是为了检查，还是为了其他什么目的——那我就说不准了。考察团顺利地穿过所有森林和荒漠，而且经过长途跋涉之后，终于抵达"最遥远的边区"的首府，参见了总督。这是一位高个儿的、清瘦而严厉的将军，一位老军人，在战斗中负过伤，佩戴着两枚星形勋章，脖子上还挂着一枚白十字勋章。他傲慢而又合乎礼仪地接待了考察团，并邀请全团官员到自己的府上参加当晚为庆祝总督夫人命名日而举行的舞会。巴维尔·亚历克山德罗维奇对此十分满意。他穿上自己那套彼得堡的服装，打算以此出出风头，他大摇大摆地走进大厅，虽然在看到许多螺旋形的、密密麻麻的带穗肩章①和佩戴着许多星章的文官礼服时当即有所收敛。那个场合需要向总督夫人行礼，关于这位夫人他已经听说过：她很年轻，而且非常漂亮。他甚至傲然地走上前去，可是突然惊呆了。在他的面前站着的是齐娜，她穿着一身华丽的舞会服装，佩戴着钻石，高傲而神气。她根本没有认出来巴维尔·亚历克山德罗维奇。她的目光漫不经心地从他的脸上滑过，并立即落到另外一个人的身上。大为震惊的莫兹格里亚科夫退到一旁，并在人群中同一个怯生生的年轻官员撞了个满怀，那人仿佛是因为突然得以参加总督的舞会而

---

① 帝俄时代的高级肩章。

有些诚惶诚恐。巴维尔·亚历克山德罗维奇立即向他详细询问起来，并且了解到非常有趣的事情。他打听到：总督已经结婚两年了，那是他从"遥远的边区"去莫斯科时的事情，他娶了一位非常富有的名门闺秀。总督夫人"漂亮极啦，甚至可以说，是第一流美人，只是非常高傲，只同将军们跳舞"，在这次舞会上，所有的将军——本地的和外来的，包括四品文官在内，共有九位。此外，"总督夫人还有一位妈妈，同她生活在一起；这位妈妈来自最上层社会，而且十分聪明"，然而连这位妈妈本人也对自己的女儿百依百顺，而总督本人对自己的夫人更是非常眷恋、非常宠爱。莫兹格里亚科夫略微提了一下阿法纳西·马特维伊奇，但是在这"遥远的边区"，根本不知道有这么个人。莫兹格里亚科夫稍微鼓了鼓勇气，在各个房间转了转，很快就看见了玛丽雅·亚历克山德罗夫娜，她穿着十分讲究，摇着价钱昂贵的扇子，正在兴致勃勃地同一位四品官衔的人物聊天。几位阿谀奉承的太太紧紧地环绕在她周围，看来，玛丽雅·亚历克山德罗夫娜对大家都非常亲切。莫兹格里亚科夫冒险进见。玛丽雅·亚历克山德罗夫娜似乎轻微颤动了一下，但马上、几乎一瞬间，就恢复了常态。她很客气地赏脸认出了巴维尔·亚历克山德罗维奇；询问了他在彼得堡的一些熟人，询问他为什么没有到国外去？关于莫尔达索夫她一字不提，仿佛世界上根本就没有这么个地方似的。最后，还提到彼得堡一位显贵公爵的名字，问了问他的健康情况，虽然莫兹格里亚科夫根本不知道这位公爵；她不知不觉地转向一位朝着这边走来的、披着香喷喷的白发的大臣，转眼间全然忘记了站在她面前的巴维尔·亚历克山德罗维奇。莫兹格里亚科夫含着尖酸刻薄的冷笑，手里捏着帽子转回大厅里去了。不知是什么缘故，他认为自己受到了刺激，甚至受到了侮辱，于是决定不去跳舞。整个晚上，阴郁的心不在焉的表情、恶毒的梅菲斯特①式的讥笑一刻也没有离开过他的脸。他装模作样地靠在一根柱子上（大厅，好像故意似的，可巧有那么几根柱子），而且在整个舞会期间，一连几个小时，他一直伫立在一个地方，目光一直在注视着齐娜。可是，唉！他的一切把戏、一切不同寻常的姿态、失望的神情以及其他等等——全都是白费劲。齐娜根本没有注意他。最后，他气急败坏，由于长久伫立而两腿酸痛，饿着肚子（因为他总不能以一个患着单相思病而痛苦不堪的人的身份留下来吃晚饭）跑回寓所去了，弄得疲惫不堪，仿佛被人揍了一顿似的。他回忆起早已忘却的往事，久久不能入睡。第二天清晨，有一个出差的机会，于是莫兹格里亚科夫很高兴地把它请求到手。车一出了城，他的心情也随之爽快起来了。在那茫茫无际的、荒无人烟的旷野里，到处是一片耀眼的白雪。在那遥远的边际，在那穹苍的尽头，是一片黑压压的森林。

---

① 梅菲斯特是歌德《浮士德》中的恶魔。

几匹十分卖劲的马在飞奔着，马蹄下扬起一片雪尘。铃儿在叮当作响。巴维尔·亚历克山德罗维奇陷入沉思，随后又幻想起来，接着便十分泰然地进入了梦乡。他一觉醒来，已经到了第三个驿站，这时，他神清气爽又健康，完全想着别的事情了。